JUST WRITE

放手写吧

Creating Unforgettable Fiction and
a Rewarding Writing Life

如何写出小说
并成功出版

[美] 詹姆斯·斯科特·贝尔 著
James Scott Bell
褚旭 译

九州出版社
JIUZHOUPRESS

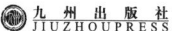

致　谢

我想感谢 F+W Media 的菲尔·塞克斯顿和雷切尔·兰德尔，是他们提议我写的这本书；我想感谢克里什·弗里兹和金伯利·卡坦扎里特，是他们帮助我完成了这本书。

同时，我要感谢 Kill Zone 上的博友和充满智慧的评论者们，是他们让 Kill Zone 成了最好的写作网站。

尤其要感谢我的妻子辛迪。她阅读了本书的早期原稿，却能保持镇定，由此看来她是真的爱我。

目 录

前 言　拥抱变化　01
　　永远地改变了游戏　04
　　保守派仍在开会　05

第一部分　令人难忘的小说

第一章　读者想要什么　3
　　不要写读者不想看的内容　3
　　我们能从一部失败的作品中学到什么　7
　　我们能从大部头小说中学到什么　12
　　小说读者的五大法则　17
　　怎样让读者渴望你的作品　21
　　让我来取悦你　28
　　打破规则之前，要先知道规则　31

第二章　打磨想法，准备写作　37

当头脑风暴遇到困难　37
召唤缪斯的十种方法　40
不要让"不真实"毁了惊悚小说　47
成为自己的电影制片厂　50
七件会毁掉作品的事　54
作家应该忽略的胡说八道　62
创造有吸引力的想法　68
如何写出令读者爱不释手的小说　71

第三章　写出令人难忘的角色　75

关于人物你需要知道的十件事　75
人物性格　82
如果你对人物档案上瘾　84
不要让你的人物像个傻子　88
人物应该怎样变化　90
镜子时刻的反思　95
用次要角色增添趣味　100
用内心冲突为角色升温　104

第四章　写你自己的故事　109

故事与结构交相呼应　109
我来告诉你展示和讲述的区别　113
如何处理阐述和背景故事　118
影子故事的力量　124
在小说中制造冲突的关键　128
用一个简单的练习为小说增压　131
每个作家都该问的两个重大问题　135
怎样写第二幕　137
创造专属于你的无法解释的技巧　142

第二部分　有意义的写作生涯

第五章　勇敢面对写作生涯　149
- 不要温和地开始写作　149
- 勇敢地写，勇敢地活　153
- 竞争是好事　158
- 从失败到成功　163
- 小说成功的七个关键因素　168
- 不停地出拳　172
- 活到老，写到老　173
- 不要破坏你的写作　178
- 作家们也会闷闷不乐　183
- 避免过度分析造成写作疲软　188

第六章　学习写作技巧　195
- 让小说引人入胜　195
- 你必须学习写作　207
- 杰克·伦敦式自学　212
- 给写作之弓准备更多的弦　216
- 让你的小说更深入　220
- 随性写作的危害　225
- 首先当一个讲故事的人　230
- 故事，就是故事！　233
- 写作中的爱、失去和情感　236
- 写你的真理　240

第七章　高效写作　245
- 取悦读者　245
- 小说中最大的危险　247
- 写作十诫　251

高效作家的十个特点　　257
　　二十一个管理时间的有效工具　　264
　　保持灵感　　274
　　打破瓶颈的小窍门　　276

第八章　了解出版和销售　　279
　　降伏残酷的出版现实　　279
　　自出版的短期课程　　283
　　策略性地使用短篇小说　　290
　　可发现性的终结和价值的崛起　　298
　　我们现在都是长尾营销人员　　302
　　祖父教给我的营销经验　　304
　　营销容易写作难　　309
　　如何维持社交媒体形象　　313
　　分析内容简介页　　316
　　最后的话　　321

前　言　拥抱变化

在《唐顿庄园》(Downton Abbey)的某一集中，当人们清晰地看出旧的生活方式行将消亡时，男管家卡森陷入沉思，说："生活的本质不是永恒，而是变化。"

卡森，你说得对。对你来说是这样，对我们也是如此。尤其是谈到写作的时候，其本质就在于变化。

因为，就像我此刻在电脑上打出这些文字，然后将原稿交给作家文摘出版社的那位出色的编辑，毫无疑问，当这部作品最终被呈现给读者时，出版行业的面貌必然已有了变化。

因为变化就是一种新常态。

现在和过去（二〇〇七年以前）不一样了。

三百年来，图书行业的运作方式几乎没有改变。大公司掌控纸质书的出版。只有由大公司出版的图书才能广泛流通。那些靠写作谋生的作家只有一个目的地，通常情况下，那就是纽约的出版公司。

一路走来，受过教育的大众逐渐养成了如饥似渴的阅读习惯。为此，杂志社开始用便宜的木浆纸进行印刷，并形成了巨大的产业。像《一角侦探》(Dime Detective)、《黑色面具》(Black Mask)、《诡丽幻谭》(Weird Tales)和《战斗故事》(Fight Stories)这样的杂志让人们能够用便宜的价钱读到内容丰富的故事。

然而，作家仍然要依靠那些控制了出版行业和销售渠道的出版社。

当然，在这个过程中，许多锐意进取的作家决定尝试自己出版、销售图书。美国诗人沃尔特·惠特曼或许是第一个这样做的人。他自费印刷了《草叶集》(Leaves of Grass)的第一版。为了提高销量，他甚至用假名为诗集写了一些热情洋溢的评论（从而发明了"马甲"这种东西）。

马克·吐温也积极地进行自出版。他还开了家个人公司，出版其他作家的作品。但公司在一八九四年破产了。

大多数情况下，那些自费出版的作家注定会拥有许多……自己的书。

要知道，书店主要和大型出版社合作。书店的老板想要多卖书，所以他们主要从那些已和著名作家签约的出版商手里进货。

二十世纪八九十年代，纽约的出版社为那些他们认为能写出热门作品的人，提供了很好的财路。像约翰·格里森姆、詹姆斯·帕特森、戴维·鲍尔达奇和丹尼尔·斯蒂尔这样的作家屡获成功。

然而更多的作家虽然获得了巨大进步，却看着自己的作品失去销路，因而毁掉了写作生涯。出版社不愿意与他们签约，因为他们被贴上了"次品"的标签。一些作家会尝试和小型出版公司合作，其他作家则退出了写作的舞台。

现实如此严酷。

不仅如此，对新人来说，想要进军传统出版行业，更是难上加难。因此，我有时会将传统出版行业称为"紫禁城"。首先，新人们需要由代理人领进门。然后，他们就要受制于出版商的讨论会。如果市场部在会议上提出异议，那么这本书的出版事宜也就泡汤了。

到了二十世纪末二十一世纪初，出版行业堆满了杂七杂八的原稿和失败作家的"尸体"。他们的作品自始至终都没有获得出版的机会。

事情似乎就这样一直延续下去。

直到二〇〇七年。

二〇〇七年发生了什么？

海伦·米伦凭借她在电影《女王》(*The Queen*)中的演出拿下奥斯卡金像奖。

圣安东尼奥马刺队绝杀克利夫兰骑士队，成为美国职业篮球联赛冠军。

德鲁·凯里取代鲍勃·巴克成为《价格竞猜》(The Price Is Right)节目的主持人。

同时，亚马逊公司发售了一款产品，叫作Kindle。

永远地改变了游戏

起初，出版行业对Kindle并不在意。几年前，即使有索尼公司的支持，电子书市场仍然举步维艰。因此，纽约的出版商认为，理所当然，那些技术控不会再踏入电子书领域了。纸质书才是真正的书！它们有封面和护封！阅读纸质书将一直是读者青睐的方式，直到世界毁灭！

但是第二年，一些出色的作家开始意识到了什么。亚马逊公司允许作者直接发布电子书。这些书通过亚马逊网上书店进行售卖。作家们不必等待、担忧或付印刷费。

有一些书开始获利。即使是没人听说过的作家，其作品也可以卖出成千上万本。

当然，出版商和许多作家仍旧排斥这种方式。出版商对此嗤之以鼻，认为这只是自出版的另一种形式。在旧的出版模式下，自出版一直都只会自取其辱。

那些曾"付出代价"的老派作家因为任何人都能"出版"作品这件事恼羞成怒。在他们眼中，成为一名正统作家、一名真正作家的唯一的方式，就是去纽约。

旧习难改。

然而，钱是万能的。越来越多的自出版作家能够直接收到稿费。不是一年两次，而是每月都有！

于是突然间，那些曾经难以找到出版商合作的作家，那些曾经在传统出版行业里摸爬滚打，却因销量下降无功而返的作家，开始获得稳定的收入。

雪球开始滚起来了。

几乎每个待在滑雪旅馆观望这个雪球的作家都在想，这是真的吗？真的可以通过自出版赚钱，甚至以此谋生吗？

答案是肯定的！我们现在都知道了。

在图书出版的历史中——甚至在整个讲故事的历史中（那是很长的一段时间了）——都没有出现过这样的机会。作者们能够自己寻找读者，靠自己的手艺赚钱。

保守派仍在开会

在整个剧烈的变化历程中，传统出版行业并没有被淘汰。他们仍在卖书，书店也仍在进货。

由于兰登书屋和企鹅出版集团合并，所谓六大出版商变成了五大。

五大出版商开始根据行业的变化态势调整业务。他们尝试新的方式，开始在网上卖书，并和互联网创业公司合作。

正如老卡森观察到的那样，唯一清楚的事就是变化。

对小说作家来说，这是挑战，也是幸事。

挑战在于，作家必须不停地写作、出版，即使你不清楚这些作品最终会如何。

变化仍未走远，你必须拥抱它。

真正的作家从不停止反抗。

——威廉·萨洛扬

然而，挑战也带来了礼物：确保图书出版不再只有一条路可走。要想将你的作品传达给那些真正在乎的人，也就是读者，不是只有一条路。

那么，读者想要的是什么？

他们想要一个动人的故事。他们想要通过阅读进入梦里。

这一点从未改变过。这是你作为作家可以紧紧抓住的绳索。

一九二六年，在坚持学习技巧和创作故事五年之后，一位想要成为小说家的执业律师在日记中写道：

我自己的方法……和评论家们不一样。我是一名作家。我面对的是众多读者。读者就是我的主人。

这位律师就是厄尔·斯坦利·加德纳。他创造了佩里·梅森这一经典形象，并将成为史上最畅销的作者之一。

获得成功之后，加德纳给他的编辑阿瑟·E.斯科特写了封信，信中说道：

> 在写作时，我试图想象自己就是那个站在酒店报摊前的读者，想要买一本杂志。我的标题能否吸引自己拿起这本杂志翻看？匆匆扫一眼之后，这个故事能否吸引我买下这本杂志？阅读故事之后，我还会定期购买这本杂志吗？

这时候，有的作家可能会写下一句陈词滥调：万变不离其宗。然而我就像躲避瘟疫那样躲避陈词滥调，所以我不会这么讲。

相反，我想说的是，变化将一直存在，要去拥抱它。读者们总是期待梦境，你要写出能将他们带入梦里的作品。

当你在这壮阔的写作之旅中心生疑惑时（所有作家都会这样），只要记住一件事，一件至高无上的事，一个永恒的前进方向：

放手写吧。

只要你还在写，你就不会出局。

↘ 本书的使用说明

在"第一部分:令人难忘的小说"中,我将介绍一些日常写作小窍门。作家需要采纳两种写作建议:

1. 做读者喜欢的事。
2. 不要做读者不喜欢的事。

你会在这一部分找到这两点。开始学习吧。

在"第二部分:有意义的写作生涯"中,我们会讲到作家的一生。那意味着,活到老,写到老。为什么你不可以呢?对作家来说,没有强制退休,也没有被解雇一说。关于写作生涯,我的规则是:

1. 写出文字来。
2. 提高写作技巧。
3. 写更多的文字。
4. 照顾好自己。

这一部分就是基于以上四个规则而写的。开始动手吧。

第一部分
令人难忘的小说

第一章　读者想要什么

对作家来说，读者至关重要，是他们掏钱来买你的作品。如果你不能让读者高兴，保持吸引力，你将很难以写作为生。有些讲故事的基本原则，如果你忽略了，那只能后果自负。本书的第一部分就是为了帮助你更好地了解如何吸引广大读者。

不要写读者不想看的内容

这句话是一九七四年奥斯卡颁奖典礼上诞生的流行文化历史上的最佳妙语之一。当时，大卫·尼文站在颁奖台上，一位裸跑者（这在当时莫名其妙地很流行）加速跑过舞台。

尼文表现得很镇定。他冷静地等观众笑完，然后用他完美的英国口音说道："或许刚才那个人只有脱光衣服，露出自己的短处，才能赢得人生中仅有的笑声。这样想一下难道不是很有趣吗？"

谢天谢地，那阵裸跑风潮过去了。然而，在其他一些情况下，短处也常显现。

不久前，资深编辑艾伦·林兹勒在"作家开箱（Writer Unboxed）"网站上指出了当今作家面对的"问题"。虽然文章本身就很透彻，但我对一条评论更感兴趣。超级代理人唐纳德·马斯在评论中问林兹勒：作为一名策划编辑，你在原稿中见到的最多的问题是什么？林兹勒这样回答：

> 有些故事结构混乱，内容过度复杂……有干扰性的叙事声音，突然在读者和故事之间插入个人的评论、解释和解读……调查准备不充分，故事没有原创性，闭门造车……扁平老套的人物形象……所有对话都像出自同一个人。

我喜欢这些例子。让我们一个个地仔细看。

结构混乱的故事，过度复杂的内容

我学过一点儿电影剧本创作技巧，放在这儿很合适。最好的电影（和小说）总是人物复杂，但情节简单。也就是说，虽然情节可能包含神秘元素和起承转合（也应该这样），但情节的核心是一个基础的故事加上读者能够理解的动机。真正的原创性是将十分复杂的人物加入故事中。创新的秘诀就藏在人类内心的无限沟壑中。

有干扰性的叙事声音

学会适时阐述——尤其是何时该隐去——是最重要的也是早期的写作挑战之一。学着去做吧。在我的《从创意到畅销书：修改与自我编辑》(Revision & Self-Editing for Publication)一书中，有一章专门讲这一点。但是在这里，我就讲一点：将你的阐述与冲突性对话无缝结合。比起这样：

弗兰克不想要孩子，除非他成功当了一名作家。但是玛丽莲觉得弗兰克的追求很傻。毕竟，弗兰克从美国国际集团（AIG）离职已经五年了。玛丽莲急切地想让他把工作找回来。

你应该将冲突写成对话的形式：

"弗兰克，你从来就不想要孩子。"
"闭嘴。"
"都是因为你对写作走火入魔了！"
"我没有走火入魔！"
"是吗？那五年来一直在打字却什么钱都没赚到，这叫什么？"

"练习！"

"好吧，练习的时间够了。明天你得去求美国国际集团再给你份工作。"

调查不充分，缺乏原创性

林兹勒指的是概念设计阶段，这是基础工作。努力想出新颖的主意总是值得的。记住，新颖不仅仅是"陌生"。其实所有的情节都被写过了。但不同的是，你如何将它们包装，使之变得新颖。记得《虎胆龙威》(Die Hard)吗？在它爆红之后，我们有了船上的《潜龙轰天》(Under Siege)和山上的《绝岭雄风》(Cliffhanger)等。一位作家与写作障碍斗争，这是一个常规的浪漫喜剧。把这个故事的背景设在伊丽莎白时期的英国，那这个故事就变成了《莎翁情史》(Shakespeare in Love)。将《死亡飞车2000》(Deathrace 2000)中的反乌托邦情节放到一群孩子身上，就成了《饥饿游戏》(The Hunger Games)。

扁平的人物形象

我们都知道，对一个本来很好的情节来说，扁平的人物形象就是败笔。太可惜了！就像拉约什·埃格里在他的经典作品《创意写作》(Creative Writing)中写的："活生生的人物仍旧是写出伟大、恒久的作品的秘诀和良方。"

在第三章，我会教你怎样充实人物。现在，你只需要警惕，作品中不要出现刻板的人物形象。找一个读者来帮你检查一下也很有用。

对话都像出自同一个人

在我的工坊中，我总是说，提升原稿质量的最快方法就是改写对话。千篇一律的对话是让代理人或编辑拒绝你，或者让读者打哈欠的最快方式。而清晰的对话具有鲜明的人物特征。好的对话能让读者相信这个作者了解写作技巧。

这就需要你确保原稿中的每一个人物都是独特的。我会为每一个人物建立"声音日志"，自由地记录人物喋喋不休的话。这很有效。当我能够真的"听到"每一个人独特的声音时，我的所有人物就都建立起来了。

从以上五个方面来审视你的小说，你就不用担心作品会有问题了。那个在奥斯卡颁奖台上裸奔的人，对于自己的重要部位什么都做不了。但是你作为一名作家，可以确保自己妥善处理作品中的核心问题。

我们能从一部失败的作品中学到什么

许多年前，一位稍有名气的类型小说作家决定写一部"宏大的、重要的"小说。出版商为他组织了一个宣传团队，让知名作者为他写宣传语，还准备了其他的宣传手段。题材也是时下的热门。出版商确信它不仅会畅销，还会引起轰动。作者也能因此进入最畅销和最受尊重的作者圈子中。接下来，还会售出电影改编版权，或许还会由克林特·伊斯特伍德来执导。

但结果这本书销量很差，就像被浇了水泥的黑手党告密者一样迅速沉入书海。

尽管出版商、作家和宣传部门都很努力，读者就是不买账。那些宣传并没有产生积极的作用。

对于此事，我想说两点。

首先，对于这位作家为自己的小说所做的努力，我表示诚挚的敬意。作家需要拉扯自己，挑战自己，让自己成长，尽管这总有可能带来失败。就像巨石强森提到他尝试喜剧表演时所说的那样："我宁愿因为主动出击而失败，也不要被动地接受失败。"

其次，关于这本小说，作家似乎对所有情节和结构的基础不管不顾，似乎它们对一部重要的作品来说无关紧要。读这本书的时候（读十页都很吃力），我一直在想：他为什么要这样做？他为什么要写这么冗长乏味的内容来难为读者？编辑干什么去了？

开头的两页尤其无聊。华丽的辞藻，没有近距离的人物视角，没有元素可以连接读者与故事——作者想仅凭语言功底来打动读者，而他的文字又没有那么好。

这本书一上来就介绍了太多人物——都是用全知视角来介绍的。我一直很疑惑：我应该关注哪个人物？直到第二十一页，作者才给了我们一个单独的、近距离的视角。我放下了疑惑，心想：这才是这个故事应该开始的地方。

然而，在下一章，作者引入了完全不同的视角。再下一章，又是另一个视角。接下来也是这样。这真是太难了。读者要么得关心每一个人物，要么觉得这是在浪费时间。

然而，充斥全篇的叙述性总结，使读者不愿去关心人物角色。大篇幅的背景故事淹没了原本取得的一点儿成绩。

而且，全书充满散文体句子，更像是在引人注目，而不是在讲故事。

因此，虽然有各种宣传和推广，这本书仍旧失败了。这给了我们如下经验教训。

读者有最终决定权

不管你怎样营销，不管你能拉到多少宣传和广告，只有读者能决定书的销量。口碑是销量的决定性因素。如果你写作是为了打动评论家，那么你可能会获得一点儿认可。但是，那并不能让你还清预付款或者增加银行存款。

或许还是有规则可循的

一些作家总爱说:"根本没有什么规则!"他们的意思是,作家应该遵从内心,自由自在,而不是感到束缚——这当然是真的。但是,你知道吗?你也确实应该遵守这一条规则:从一开始,就要确立一个读者关心的视点人物。如果我在书店闲逛,随手打开了前面说到的那本小说,读过前面几页之后,我绝不会花二十四点九九美元买下它。就算是十点九九美元,甚至是三点九九美元我也不买。或许我会从滞销书架上,花二点九九美元把它买下来。这就是消费者行为。(实际上,我是在一个二手书店花了不到一美元买的。)

同样,你也应该遵守这条规则:用三段行动展开故事——因为我们被训练成了这种思维模式。如果你忽略了这个规则,就要后果自负了。那本小说在前三分之一就如此拖沓,所以我就放弃了。(此后我又尝试了两次。)

故事里每个场景都应该有冲突、张力和即时行动——这条规则应该遵守吗?那本小说中大段的叙述性总结打破了这一规则:不要让读者感到无聊。

文风应该为故事服务,而不是反过来。这条规则应该遵守吗?

对一个作家来说,在认同"根本没有什么规则"之前,应该至少了解这些经受过时间洗礼的方法和技巧。我敢打赌，出版商——希望我提到的那位作家也一样——肯定觉得要是在出版那本书之前做到了这一点就好了。

从失败中学习

之后，那位作家回到了他更熟悉的写作领域。至少他曾尝试走出舒适圈，写点儿别的东西，这应该让他有了些进步。《敢于成为好作家》(*Dare to Be a Great Writer*)的作者伦纳德·毕晓普说："如果你敢于写一本或许会广受赞扬的伟大作品，但是失败了，那么至少你将写出一本很好的书。"在我上面所举的例子中，那本书并不好，但是如果作者能从他大胆的尝试和失败的技法中有所收获，或许会写出许多更好的作品。那么，这次失败的经历，对他以及读者来说，都是有益的。

↘ 从失败中振作起来

1. 你过去经历了什么失败？它是怎样发生的？它是否让你丧失斗志？或者，你有所收获并振作了起来？

2. "没有杀死你的都会让你变得更强。"你同意这句话吗？你应该同意！

3. 当你收到作品的负面反馈时，写下你能从中学到的一切，然后忘记其他的。（如果反馈来自个人，那就忘掉那个人。)

4. 写作时要胸怀摘星之志。或许你并不会真的摘到星星，但是你也不会只落得一手污泥。你下一个项目的"挑战性目标"是什么？

我们能从大部头小说中学到什么

《金石盟》(Kings Row)是一九四〇年的畅销书，一九四二年被改编成热门电影。电影由罗伯特·卡明斯主演，而罗纳德·里根饰演了他所扮演过的最好的角色。电影的配角也令人印象深刻：克劳德·雷恩斯、安·谢里登、查尔斯·科伯恩和玛丽亚·乌斯彭斯卡娅。

看完电影后我决定读一读这本书。小说的诞生很有趣。这是作者的第一本小说，出版时他已五十八岁。他就是亨利·贝拉曼，一名音乐家、作曲家和教育者。《金石盟》的故事（大概发生在一九〇〇年）一部分取材于他的家乡。这本书在当地引起了轰动，那些健在的人对书里的大部分内容感到十分生气。

书中到底写了什么内容？这本书讲述了一个男孩的冒险故事。他叫帕里斯·米切尔，在国王街长大，成了美国最初的精神科医生之一。他的儿时玩伴叫德雷克·麦克休。

帕里斯是那种头脑清醒的学生,而德雷克是很狂野的人。故事讲述了他们的成长经历,他们的爱与灾难。

在这一过程中,始终隐藏着两个阴暗又罪恶的秘密。我就不剧透了。我推荐你们去看这个电影……你会发现,其中一个秘密在小说中更加阴暗。因为不符合审查制度,所以电影对其做了弱化处理。我可以理解,为什么大部分读者都被小说"震惊"到了。

有趣的是,它并不是那种写得好的作品。其语言粗陋,人物对话死气沉沉。但是我还是禁不住一直读下去,并且当我读完时,我感到一种共鸣,那是只有深深打动人的阅读体验才能带来的感受。

我问自己:为什么这本书有缺陷,我仍旧感受到了共鸣?

在我回答之前,我想谈谈另一本给我相同感受的书。

在二十世纪初期,大多数评论家都将西奥多·德莱塞称为伟大的美国小说家。他开创了城市写实主义这一流派。他不像马克·吐温那样描写无忧无虑的生活,也不像杰克·伦敦那样书写紧凑的情节。

德莱塞是我们"重要的"、世界级的小说家,但是现在你几乎听不到他的名字了。除了少数情况下,大学的文学课上基本不研究他。这令人伤心,因为德莱塞可以教给我们很多经验。

德莱塞最伟大的作品是一九二五年的《美国悲剧》(An American Tragedy)。你也可以去看电影版。一九五一年的《郎心似铁》(A Place in the Sun)是一部超棒的电影，由蒙哥马利·克利夫特和伊丽莎白·泰勒主演。那时正是泰勒最美好的年纪。

这本小说的语言也很拙劣。事实上，《纽约时报》(New York Times)将其评为"写得最差的伟大著作"。但当我读完时，我深深地为之感动。

和《金石盟》一样，我问了自己相同的问题。为什么它们在文体上有缺陷，却仍然被我列入最难忘的阅读经历？

我试着给出回答。

宏大的主题

这两本书都探讨关于人类存在的宏大主题——爱、邪恶、罪行、命运。它们不会成为用后即弃的商品。作者们在这些书上花费了多年时间。西奥多·德莱塞从《天才》(The Genius)到巨著《美国悲剧》，中间花了十年。

主人公都被扔到不得不直面死亡的境地：身体上、职业上、心理上的死亡。《美国悲剧》里的克莱德·格里菲思沉迷于野心和成功，又深深迷恋上可人的桑德拉。唯一的问题是：他让另一个女人怀了孕，对方威胁他，让他娶她，否则就把事情说出去。

故事就这样发生了。

《金石盟》中的帕里斯·米切尔对人类的行为很着迷。人们为什么会这样做？怎样去帮助他们？但是，他对人类心灵的探索引领他走进了从未设想过的黑暗角落。这是关于失去童真，与严酷现实对抗的故事。

在这些小说中，没有什么是"小事"。作者写出了崇高的主题。

我不明白为什么小说家不能在作品中处理宏大的主题。即便是在一本商业小说中，比如在一本浪漫小说中，如果你在写关于爱的故事，就要写出它的价值。

角色的内心活动

德莱塞和贝拉曼都用了很大的篇幅来叙述主角的内心活动，我们会情不自禁地对那些情感起伏和内心冲突感同身受。

德莱塞的做法更明显，他用全知视角来展现克莱德在关键时刻的想法和感受。归根结底，德莱塞给我们展示的并非文风，而是他神奇的能力。他给我们展现人物的行动和想法，不仅让我们理解了人物，也理解了自己。

现在，描写人物内心的多少取决于你写作的类型和风格。但是要记住：当你引领读者进入人物内心时，他们会和人物更贴近。这会带来更好的阅读体验。

宏大的行动

　　内在情感应与外在描写平衡。在上述小说中，行动虽然不像惊悚小说中的那样，但是也很宏大。我们谈论的是谋杀、自杀、乱伦、欲望、复仇和变幻莫测的爱情。

　　这一条建议是给那些以人物为主导的写作者的。你喜欢描写人物的内心活动，但是如果无法达到内在与外在的平衡，人物的行动就会缺乏说服力。最好的文学写作者会给我们呈现重要的行动。

　　对于大部头作品中针对内外两方面的处理，我是这样理解的。当你跟随角色在故事中旅行，神奇的炼金术让你投入人物的命运中。不论故事是圆满的结局（像《金石盟》那样），还是悲剧结尾（像《美国悲剧》那样），你都会受到影响：在你读完很久之后，这本书仍将继续陪伴你。这是所有作家都想达到的效果。

　　我非常喜欢读索尔·斯坦所说的那种"瞬时小说"。我读过很多让我开心的书，但是读完之后也就结束了，我不会再读一遍。

　　但是我却常常想起《美国悲剧》，还有《金石盟》。

小说读者的五大法则

没有读者，作家就没有饭碗。

当然，人们也会因为其他原因写作。为了治疗；为了开心；为了家庭；出于无聊或正在坐牢。但是大多数作家写作是为了分享故事，希望得到经济上的回报。

当有人问埃尔默·伦纳德，何种写作最挣钱时，他回答道："勒索信。"除此之外，作家是在自由企业制度中谋生的。这通常包括两方：卖家和买家。

作家是卖家，读者是买家。产品是一本书或一个故事。为了让这套买卖方式奏效，买家必须喜欢产品才行。

这类交易要想赚钱，买家必须热爱这个产品。读者在小说中寻找的是以下五件事。

1. 读者想被带入梦中

代理人和编辑常常告诉小说家，读者想要从小说中获得"情感体验"。他们也说，读者想获得"娱乐"。

确实是这样，但我觉得以上两点还没有说到点子上。读者真正最想要的是"沉浸"。就是字面意思的沉浸。我经历过的最好的阅读和观影体验，都让我忘记自己正在阅读或观看，我深深地投入到故事中，就好像在一个梦里。

我想起小时候最喜欢的电视节目《冈比》（*Gumby*）。

还记得冈比和波奇吗？（如果不想透露年纪，那就不要举手。）

我最喜欢的一集是，冈比和他的马一起跳进书里，卷入其中，成为故事里的一部分。我也想进入《哈迪男孩》(The Hardy Boys) 节目中：跳进去，帮助弗兰克和乔解开谜团。

重点在于，阅读时你想拥有冈比的感受——好像你就在故事里，直接经历它。

这很难做到，但谁说伟大的写作是容易的？或许一两个自负的出版社会这样说，但除了它们，就没有了。

当我在工坊授课时，我常常使用减速带做比喻。你沿着一段长长的、美丽的公路开车，看着怡人的景色，于是"忘记"了你正在开车。但是如果你遇到减速带，就会被短暂地拉回现实。如果有太多这样的时刻，这趟旅途就很不愉快。

我们学习写作技巧的一个原因，就在于学习减少减速带，让读者忘记他们正在开车，只是享受一路的风景。

2. 读者总希望物有所值

在这一点上，读者和其他消费者一样。如果他们想投入一些自主基金，那一定想要好的回报。他们的决定取决于期待和经验。如果某个作者一直给他们美妙的体验，他们就愿意花更多钱买他的下一本书。

然而，如果是一位没读过的新作家的书，那么读者就会想用低价，甚至免费来获取一本书做样本。就算是这样，读者也希望获得相同的快乐，就像阅读哈兰·科本或黛比·麦康伯的书一样。而后面两位的书是读者花了十几、二十美元买下的。

这是挑战，也应该是挑战。但好消息是，如果读者用低价买到了让他们喜欢的东西，那么得益于下一条原则，你将开启你的职业生涯。

3. 如果你超出了读者的预期，他们会通过成为你的粉丝来奖励你

拥有粉丝是最好的事。粉丝会带来口碑。粉丝会和你统一战线。

所以你的目标不应该止于满足读者的期待，你应该超出他们的期待。

怎样做？

将所有事都做得更好，写得更好。像雷德·史密斯（而非欧内斯特·海明威）说的那样。你应该坐在键盘前，切开静脉，让自己流血。

这不是浪漫的空话。最优秀的作家都是这样做的，一次又一次。

如果你的书达不到这么高的水平怎么办？没关系。至

少通过努力,你的作品会变得越来越好,你也会成为一个更好的作家,你的下一本书也会更好。

跳上那辆火车并待在上面。

4. 读者想和心爱的作家建立联系

过去,这或许意味着写一封粉丝信并得到作者的回复;或者去书店参加签售,让作者在精装本上签字,和他说几句话。

现在我们有推特、脸书、博客和邮件——读者能以不同的方式与喜欢的作家建立联系。

这就是社交媒体。它是社交性的,而不是营销性的媒体。好好利用它,建立一个社群。当你有作品可以呈现时,就已获得了这么做的权利。

5. 读者需要故事,所以,满足他们的需求

事实上,我们都需要故事。故事让文化保持活力。故事塑造我们——优秀的故事将我们变得更好,就像《杀死一只知更鸟》(*To Kill a Mockingbird*)和《漫长的告别》(*The Long Goodbye*)。前者是严肃文学作品,后者是类型文学中的杰作——它写出了某些深刻的东西,在这个泥沙俱下的时代,人们迫切需要能够升华灵魂的作品。任何类型的小说都可以这样做,甚至是恐怖小说(去问问迪恩·孔

茨或斯蒂芬·金)。

遵守这五大法则！读者会拿一大笔资金来感谢你！

与读者建立联系的练习

1. 你的作品如何吸引读者进入虚构的梦中？你能找出梦中可能让人失望的地方吗？你愿意找一个好的读者或编辑帮助你吗？

2. 想出三种能够超出读者预期的方法，从情节、人物、惊人的情景、对话等方面考虑。

3. 重新审视你在社交媒体上的出现频率。你怎样能更活跃、更个性化？怎样让你的粉丝在读到你的帖子时感到高兴？

怎样让读者渴望你的作品

在我们的语言中，"欲望"经常和性相关。但事情并不总是这样。希腊哲学家用"欲求（epithumia）"来形容一种强烈的渴望，可以是好的，也可以是不好的。总而言之，欲望比求知欲更强烈。那种感觉是："我必须拥有它！"

这也是你想让读者产生的感觉，这样他们就会买你的书。让作品看起来"有趣"还不够，你必须用什么激起他们的"欲求",从而使血液开始向大脑输送"购买"的信号。

能够激起潜在客户的购买欲望的要素至少有三个,那就是兴奋点、精彩的封面、吸引眼球的段落。

1. 兴奋点

当你写作时,如果你没有兴奋起来,那么也很难让读者感到兴奋。所以,首要任务是确保你对自己的写作感到振奋。

写一本书就像结一次婚,你最初的想法和热情就像坠入爱河的感觉。我们都知道,结婚之后会有很多波折。你不会一直充满幻想,时刻准备开唱《在你眼中》("In Your Eyes")。所以你会有些挣扎,但你仍然会投身于婚姻。(当然,编辑就相当于婚姻顾问。)

在一个场景让你激动之前,不要去写。我会先苦思冥想,构思出人意料的内容——行动、对话、环境或新人物,然后才开始写。

2. 精彩的封面

内容简介是下一个诱饵。它就像一个完美的装备,能放大优点,你懂我的意思吧。它就相当于好莱坞女星贝蒂·格拉布尔的美腿。(对女性来说应该拿什么类比?穿着敞领衬衫的型男法比奥?)

嗯哼。

一本书的简介（有时叫"封面文案"，有时叫"宣传语"，尽管我通常将"宣传语"视作其他人的推荐语）是用几行字概括全书内容，增加读者的购买欲。它尤为重要。有些营销专业毕业的人专门写这种概括文字。

但你也可以学习怎么写。我的常规做法是用三句话加一句标语。

三句话

句子1：人物姓名、职业、最初情境

> 多萝西·盖尔是一个农村女孩，她梦想着离开美国的堪萨斯州，去一个遥远的地方。在那里，她和她的狗能够远离那个爱管闲事的古尔奇小姐。

句子2："时间" + 不归之门

批注："不归之门"是我用来形容那个初始转折点的词，它引导人物进入第二幕。通过事件或情感推动人物进入核心故事。之后，他们就再也无法回到普通世界了。

> 当龙卷风来袭，多萝西被带到了一个充满奇怪生物的地方。在那里还有一个邪恶的女巫，想要杀死多萝西。

句子3:"现在"+生死时刻

批注:死亡可以是身体上的、职业上的或心灵上的(参见第四章的"在小说中制造冲突的关键")。

现在,在三位不靠谱的朋友的帮助下,多萝西必须找到方法打败女巫,这样巫师才能送她回家。

你或许听过"电梯游说"这个说法。我们要做的正是这样:写出一个可以在坐一趟电梯的时间内讲出的简短故事梗概。你可以扩展或者修改这些句子。要记住,我们要写的简介不是牛排,而是煎牛排时发出的咝咝声。不要把有关情节的所有内容都写在广告上,只要能让那些匆匆路过的浏览者感兴趣就够了。

一句标语

有时被误称为"一句话梗概(logline,编剧术语,指用一句话来概括故事情节)",而标语更像悬念式广告,比如你在电影海报上看到的那些。你会认出下面这些著名的标语:

在太空,没人能听见你的尖叫。

——《异形》(*Alien*)

不要下水。

——《大白鲨》(*Jaws*)

地球。当它存在的时候很有趣。

——《世界末日》(*Armageddon*)

他的故事会触动你,即使他不能触碰你。

——《剪刀手爱德华》(*Edward Scissorhands*)

现实已成为过去。

——《黑客帝国》(*The Matrix*)

想出一个绝妙的标语很有趣,但这需要花功夫。最好的方式是先写一堆,然后选出最好的一条,润色,重写,再润色。向朋友寻求帮助。进行头脑风暴。让许多人来检验你最喜欢的那些。

在你开始写书之前,最好做一下这两个练习。如果你不能透彻地分析自己的想法,用"欲求"来包装它,那你很有可能需要先打牢基础,才能继续以后的长期写作项目。

下面是我为我的惊悚小说《不要离开我》(*Don't Leave Me*)写的标语和简介:

当他们找到他时,他开始跑。但当他们找到他弟弟时,他决定战斗。

查克·萨姆森需要治疗。他之前是一名海军牧师，跟随海军陆战队在阿富汗工作。他回家来照顾弟弟斯坦，弟弟已成年，但患有自闭症。查克内心关于逮捕和折磨的创伤威胁着他。只有他的五年级学生们给了他未来的希望。

但当一个看不见的敌人盯上查克时，他必须逃跑才能活命。他也必须躲避警察，因为他们认为查克是谋杀犯。那个在查克心中深埋已久的秘密或许可以救他。但他能发现吗？

现在，为了保护唯一的弟弟不受牵连，查克·萨姆森必须面对内心的恐惧，找到拯救斯坦的方法……或者为此丧命。

3. 吸引眼球的段落

激起读者欲望的最后一招是写一个好开头。那是读者在网上可以免费阅读的部分，或者在书店中浏览时会翻看的前几页（还记得那些日子吗）。

我建议所有小说都以一个真实场景下的骚动开头。在当今这个时代，人们的注意力持续时间很短，所以你必须……

有松鼠！

看，分散注意力是多么容易！

你想要的是人物的日常生活以某种方式被打乱。不一定是什么大事，像枪击或者车祸；只需要一些不平常的事，让读者明白麻烦或神秘的事要上演了。

比如在詹姆斯·M.凯恩的经典作品《邮差总按两遍铃》(*The Postman Always Rings Twice*)中：

> 大约晌午时分，他们把我从运干草的卡车上扔了下来。

或者哈兰·科本的《承诺》(*Promise Me*)：

> 那个失踪的女孩——媒体对她有过无休止的报道。电视里循环播放这个失踪少女的学生照，就是常见的那种照片：以彩虹旋涡做背景，女孩的头发梳得过直，笑起来有些怯生生的。闪过这些照片之后，电视画面马上切换到女孩的父母，他们正焦虑万分地站在家门口的草坪上。面对四周的麦克风，妈妈泪眼婆娑，沉默不语，爸爸哆嗦着嘴唇，表达着痛苦。就是那个女孩，那个失踪的女孩，刚刚从埃德娜·斯凯拉身边走过。

我建议你打开 Kill Zone，浏览我的博客，在搜索栏中输入 First Page（第一页）。你会看到这些年来我们在这方面的批评。花一周的时间学习它们,你将写出很好的开头段,成为这方面的能手。

➤ 激起读者欲望的练习

  1. 暂时放下你的半成品。设想你是繁忙的火车通勤者,只想在途中获得一些娱乐。问一下自己:这个故事的简介会吸引你吗?

  2. 用上面的三句式修改你的简介。找一些朋友来试读。不断地修改,直到它让人无法拒绝。

  3. 写几条标语。反复修改,直到收获一条可以放在电影海报上的标语。在写作时,将它放在身边,它会提醒你情节的核心和关键。

让我来取悦你

  前不久,我乘飞机从纽约回来。一位大约六十岁的女士坐在靠窗的位置。飞机一进入大气层,她就从包里拿出一本平装书开始阅读。

  因为世界上每三本平装书里就有一本是詹姆斯·帕特森的,所以当在封皮上看到他的名字时,我一点儿也不惊讶。

  我拿出 Kindle,开始读查尔斯·狄更斯全集。

大约半小时后，我听见撕东西的声音。我瞥了一眼，发现她从帕特森先生的书里撕下了好多页。她把撕下来的书页叠起来，夹在座椅口袋里。

然后继续阅读。

我什么都没说，继续看小杜丽的艰辛故事。

又过了大约半个小时，那位女士对书的下一部分做了同样的事情。我用身体护着自己的 Kindle。

一段时间后，我觉得她几乎撕掉了一半的书。当空乘拿着垃圾袋在过道里走时，她示意空乘停下，并将撕下的书页扔到了垃圾袋里。

我忍不住了。我说："那本书一定太垃圾了。"

她疑惑地看着我，我习惯了这种眼神。

我说："我从没见过有人这样做。"

她说："来之前，我在旧货店里买了一些平装书。我不想在旅途结束后还带着它们。如果一本书正读到一半，我不想把整本书都带着。所以我边读边撕，包里留下的就是越来越薄的书。"

我说："帕特森先生可能会觉得被撕扯了。"

她看着我。

我说："你喜欢这本书吗？"

她说："它让我有事可干。"

这不就是大部分人读小说的原因吗？找点儿事做，在书中畅游,分散注意力,感受到快乐。在阅读的几个小时里,读者不必为工作、人际关系、政治、罪犯、金钱或孩子的成绩单操心。

因此,也就有了"逃避现实"一说。这并不是坏事。事实上,逃避现实对生存很重要。如果我们不能暂时与世隔绝,让大脑愉悦,我们注定只能在黑暗中走过生命的泥沼。

当然,还有那些所谓"难读"的小说,很考验读者的水平,需要大脑进行一定程度的运动。每年都会有一两本文学小说十分畅销。其他的或许在市场上销量不好,却能获得文学类奖项。如果文学小说能更流行,出版商和作家都会很高兴。但是出版商必须盈利,所以他们主要和最能愉悦读者的作家合作。

这不是坏事。

> 在这个充满了痛苦、恐惧和残忍的世界,能够给读者提供几小时的逃避、快乐和遗忘的时刻,是很高尚的事。
>
> ——迪恩·孔茨《如何写畅销小说》(*How to Write Best Selling Fiction*)
>
> (作家文摘出版社,一九八一年)

所以,让人愉悦的小说有什么特征?下面是我期待的——也是我对自己的要求:

我们完全理解并支持的主人公

幽默感

真诚与热情

死亡在逼近（生理上、心理上、职业上）

维护道德秩序

惊讶于之前没看过的东西

跌宕起伏

精彩的结局

诗性的文风

你还有什么要添加的吗？自己列一张单子，并努力去做到！

打破规则之前，要先知道规则

在法学院念大一的那个暑假，我在洛杉矶地区检察院实习。我能看到如何整理一个案子，如何为审讯做准备，那是很好的经历。更好的是我可以坐在法庭的律师席上，亲眼看着那些被告、警察、辩护律师、检察官在陪审团面前一决雌雄。

不公正的审判总会有，但大多数情况下，陪审团的判断都是正确的。

我记得很清楚的一个案子,是一个男人被指控谋杀他的妻子未遂。他们四十岁左右,属于中产阶级家庭,乍一看像是一个祥和的家庭。然而,双方都是第二次结婚,也都没有带孩子。

这个男人用一把 .45 口径的手枪射向妻子。她活了下来。男人声称自己当时丧失了意识,不记得自己拿过枪或开过枪。"精神错乱"(那些年都这样说)情况下的人心中没有预谋,所以不能被判谋杀。

辩护律师大概就是这样说的。

这位律师非常厉害,相当于一个人形消防栓。我记得他第一天来审讯时,脖子上都是血斑。我推测他为了给陪审团留下好印象,用了新刮胡刀。

然后,他的恶作剧开始了,就像佩里·梅森那样。他盘问那位妻子,是否曾用刀砍碎她丈夫的一些衣服。她否认了。戏剧性的一幕发生了,他从桌子底下拿出一个购物袋,取出里面的碎衬衫。"那这是什么!"

副检察官提出反对。在法官裁决之前,律师又拿出一些裤子,大喊:"这又是什么!"

"反对有效。"法官说道。

"这又是什么!"律师又拿出了一些内衣。

"反对有效!"法官又说。

我瞥了陪审团一眼,发现其中有许多人忍着微笑。

这位妻子当然是此次诉讼的证人。但问题是,她看起来像玛格丽特·杜蒙和布莱船长的结合体。说真的,我确定一些陪审团成员开始认为这件事是"自卫",甚至是"正当杀人"。

然后到了辩护律师陈述案情的时候。丈夫在证人席上。大多数辩护律师都认为让被告出庭做证是很不利的,但在这个案件中,也没有其他证人了。只有这位丈夫能证明自己的精神状态。

他讲到妻子对他施以持续的感情虐待,以及她如何在公共场合羞辱他,从不赞美他。回到家后,她还会嘲笑他。她会不停地嘲笑他,直到他忍无可忍。然后那晚上的记忆断了。他说他不记得拿枪的事。妻子被枪击之前的事,他都不记得了。

虽然我只是法律系的学生,但我很了解审讯技巧和手段。在休息时,那位副检察官——他是一位出色的检察官,后来成为法官,至今仍在工作——问我会如何处理这次审讯。

我说:"那位丈夫的律师或许告诉过他,你会对他提出很多问题。为什么你不直接看着他的眼睛问他,'你为什么要向妻子开枪'?"

现在,任何一个有经验的审讯律师都会告诉你,在审问时问"为什么"是很不利的。因为这会给证人提供机会,让他能用自己的话来解释他的回答。

但在这个案子中，我觉得可以打破这个规则。首先，这会立马引起陪审团的注意。其次，如果这位丈夫的回答中有任何解释的成分，那么，就可以证明他的确知道自己做了什么（即他的精神状态可以实施谋杀）。最后，如果他表示不知道原因，那就会和刚才的证词相左。这样，他看起来就会像个骗子。而我和检察官都认为他就是说了谎。

当副检察官决定采用我的方法时，我很高兴。整个法庭一片死寂，那位丈夫在证人席上瑟瑟发抖。他不知道说些什么。沉默继续着……继续着……最后，他说他也不知道为什么。

这个回答让他一败涂地。陪审团只出去讨论了一小时左右就回来了，并且判决这个男人有罪。

现在回想起来，向一位很有经验的检察官提出那样的建议，是很鲁莽的。但我当时深深地沉浸在审讯技巧的学习中。在上法学院的几年前，我在父亲的书房里仔细研读了著名审讯律师的书。我也读了书房里的《戈德斯坦审讯的技巧》(Goldstein on Trial Technique)。我还参加了欧文·扬格举办的研讨会，这个研讨会以教会律师如何胜诉著称。

因此我会建议副检察官在那个案子中打破规则。但是，如果我起初不知道这些规则，我也根本不会去打破它们。

任何领域的技能都要通过学习、观察和实践获得。作为一名作家，技巧掌握得越好，当时机成熟时，你就越能够打破规则。你会知道自己为什么这样做，知道是否值得去打破规则。

▶ 锻炼技巧的练习

给你的写作从以下方面打分，满分代表几乎不可能达到的高水平：

情节	1	2	3	4	5	6	7	8	9	10
结构	1	2	3	4	5	6	7	8	9	10
人物	1	2	3	4	5	6	7	8	9	10
场景	1	2	3	4	5	6	7	8	9	10
对话	1	2	3	4	5	6	7	8	9	10
声音	1	2	3	4	5	6	7	8	9	10
主题	1	2	3	4	5	6	7	8	9	10

列一个表单，将最弱的一项排在最前面：

针对第一项制订一个自学计划。买一两本相关的书进行学习。收集一些你读到的在这方面表现出色的作品。重读这些作品，记下作者的技巧。

用你所学的知识进行写作练习。将其他作者的技巧运用到你的写作中。然后用同样的办法提高下一项，以此类推，逐个攻破。

第二章　打磨想法，准备写作

先有想法，再有作品。许多想法似乎会突然出现，这样很好。写下来，过后再想想。但是多产的作家也会刻意培养创造力，做一些事情来"从沸腾的潜意识里过滤出好的故事想法"（正如迪恩·孔茨说的那样）。

当头脑风暴遇到困难

最近，一位作家朋友和其他作家说，她被困在了对新项目的头脑风暴中。她允许我将这件事写下来。因为"截稿日"的存在，这位作家必须巩固想法，开始写作。但是她说："故事和人物真的太难构建了。"

她说："如果你有任何关于头脑风暴的诀窍，我非常想知道！""你如何着手构建故事和人物？头脑风暴是一个如此需要创造力的过程，总是很难——至少对我来说是这样。面对头脑风暴，你如何做到高产？如何培养创造力？"

这是个很好的问题。我是这样回复她的：

这些年来，许多人都说写出新作品"越来越难"。我猜想，你的疑问也属于这一类。我认为，"越来越难"的原因在于，每写一本书，你的技能都有所提高，标准也随之上升。你知道写一本书需要什么（所有的构成部分），并想到："天哪，我还得把这些再做一遍！还要做得更好！"所以，在头脑风暴的过程中，你会检验你的每一个想法。然而，此时你应该做的是尽可能多地提出想法，而不是对想法进行判断。

在每次写作开始时，我会做以下几件事：

建立一个形式自由的日记，用来与自己对话，向自己提问，深入发掘想要这样写的原因，记下想到的情节和人物。我会花（至少）几天时间来做这件事，不停地写。但是我会每天重读这份记录，编辑一下昨天写的内容，标出最好的想法，诸如此类。

在某一时刻，我会拿一沓长约十三厘米、宽约八厘米的索引卡去星巴克坐下，写下关于场景的想法。这些场景都很随意，我会写下脑海中的任何想法。我也会用词典游戏来激励自己——打开词典，翻到任意一页，选择一个名词，开始即兴发挥。当有了三十到四十个场景后，我把卡片打乱，任意选两张，然后看能不能将两者联系到一起。

最后，我试着将想法写成"电梯游说"的三句话，力求内容扎实，能够有销路。正如第一章中讨论的，这归根结底是一个简单范式。第一句话，人物＋职业＋目前的情境。第二句话，以"时间"开头，写出不归之门——这会让主角进入主要情节中。第三句话，以"现在"开始，写出生死时刻。下面这个例子出于里斯·赫希的《局内人》（*The Insider*）：

威尔·康奈利是旧金山一家久负盛名的法律公司的合伙人，负责计算机公司的高级别合并谈判。

威尔在俱乐部庆祝时勾搭了一个俄罗斯女人，同时，他发现自己被一群俄罗斯小混混盯上了。他们想拿到威尔的客户正在研发的美国国家安全局的绝密计算机芯片。

现在，在俄罗斯小混混、美国证券交易委员会和司法部的追击下，威尔必须找到方法，赶在不法分子用科技进行大规模破坏之前，挽救自己的职业生涯并保住性命。

下一步取决于你想怎样扩展：你喜欢谋划全书（写出故事的大纲），还是喜欢随性写作（不写大纲，按直觉来写），还是处于中间状态？（参见第六章的"随性写作的危害"。）

我自己的方法是直接进入"镜子时刻",因为它影响了一切。(关于这点,请参见第三章的"镜子时刻的反思"。)在镜子时刻,处在故事中间的角色必须进行反思。这对于理解角色的内心需求非常重要。

我知道有很多喜欢随性写作的人认为,任何形式的谋划都会引来麻烦,他们就想直接开始写作。这样也可以,只要他们能够意识到,自己实际上是在进行长时间的头脑风暴。有些人认为,这是找到原创故事的最好方式。我想说,这只是其中一种方式。他们仍需要做很多编辑和重写工作。然而,我讲的方式能让你更快、更有效地找到一个令人激动的原创故事。

召唤缪斯的十种方法

卡利奥佩是史诗和故事的女神。她很善变。她根据自己的心情现身,挑逗你的想象,然后就飞去和阿佛洛狄忒狂欢。众所周知,在《伊利亚特》(The Iliad)和《奥德赛》(The Odyssey)的开篇,荷马就召唤了缪斯女神,而女神也回应了这位盲眼诗人。但其他很多作家,一个人在阁楼上忍受着寒冷和孤独,咒骂着缪斯的不予现身。

身为作者,你会怎么做?等待缪斯的降临?恳请宙斯施展力量,让他的女儿来光顾你的办公室或星巴克(咖啡馆)？

不！你没有时间可浪费。你还有书要写。所以，我建议你主动采取行动，戳醒这位任性的、昏睡中的仙女。

怎么做？玩游戏。用一段固定的时间来玩（每周至少一个半小时）。最重要的游戏规则如下：不要审查自己。把想要编辑的心放在一边，仅仅记录下你的想法。之后，隔些时候再回过头来审视这些想法。

以下是我最喜欢的十个召唤缪斯的游戏：

1. "如果"游戏

在写作的任何阶段都可以玩这个游戏，但在寻找想法的阶段尤其有效。不管你读到、看到或在大街上遇到什么，都训练大脑用"如果"的模式思考。在等红绿灯的时候，我看着角落里的人群，总是会这样想：如果她是个暗杀者怎么办？如果他是被免职的委内瑞拉总统会怎么做？

读新闻时，对每一篇文章提出"如果"。如果汤姆·布雷迪是机器人呢？如果那位在新婚第八天将丈夫推下悬崖的蒙大拿州新娘是个连环杀夫凶手会怎么样？如果她是个谈话节目主持人呢？

2. 书名

想一个炫酷的书名，然后写一本书。这听起来很奇怪？

其实不然。在寻找故事时，书名能让想象力爆发。

书名有很多来源：诗歌、语录、《圣经》(the Bible)。找一本都是语录的书，比如巴特利特的，然后抄下有意思的词语。将从词典上随意选取的一些字词拼起来。故事的想法将开始浮现。

3. 清单

在写作生涯早期，雷·布拉德伯里列了一张清单，上面写着从他潜意识里冒出来的名词。这些名词成了故事的素材。

写一份自己的清单。让大脑梳理过往的景象并快速写下一两个提示词。我这样做过一次，写下了一百多个景象，其中包括：

窗帘（我记得我们家的宠物狗咬坏了新窗帘，所以我妈妈第二天将它送走了；我爬上树以示反抗，就是不下来）

山丘（我曾不小心点了火）

壁炉（在壁炉前，我们度过了快乐的家庭时光）

每一条都有可能产生一个故事或小说。它们是过去的回响。我可以选择其中一项，进行头脑风暴，想出大量来自心底的故事。

4. 去看

让想象力为你播放电影。闭上眼睛。坐下来"观看"。你看到了什么？如果是件很有趣的事，那么不要试图控制它。如果你想，可以轻轻推动其发展，但还是尽可能地让图像自由发展。你可以随意控制时长。

5. 去听

音乐能快速到达心灵。（卡利奥佩的妹妹欧忒耳珀是音乐女神。让她们一起发挥作用。）

去听那些打动你的音乐。选择不同的风格：古典乐、电影配乐、摇滚乐、爵士乐，以及其他任何给你活力的音乐。在听的时候，闭上眼睛，看脑海中会形成怎样的图像、场景或人物。

6. 借鉴佳作

如果莎士比亚都可以这样做，那你也可以。偷来你的情节。没错，这位"埃文河畔的诗人"很少写原创的故事。他借用古老的情节，加入自己独特的魅力。

听着，这不是抄袭！曾有一位通讯员对我开玩笑式地使用"偷"这个词非常生气。他是好心，但是他误解了我的意思。在这个世界上，总共只有大概二十种情节（或多或少，这取决于你和谁讨论），这些情节是属于大家的。通过组合，再加工，你注入自己的想象力，而不是原样呈现那些人物和场景。

7. 跨体裁

任何体裁都有其惯例。在类型故事中，读者期待某种特定的节奏和动作。为什么不利用这些期待来写出新颖的情节呢？

比如，将一个西部传说放在外太空是很容易做到的。《星球大战》（Star Wars）中有很多西部主题。（记得塔图因上的酒吧场景吗？）同样，肖恩·康纳利的电影《九霄云外》（Outland）就是木星上的《正午》（High Noon）。达希尔·哈米特的《瘦子》（The Thin Man）中的角色被罗伯特·A. 海因莱因带入未来，有了《穿墙猫》（The Cat Who Walks Through Walls）。经典电视连续剧《飙风战警》（The Wild, Wild West）就是老西部的詹姆斯·邦德——这一类型已经成了流行文化的一部分。

几年前，当僵尸题材很流行时，我跟代理人说要写一系列法律惊悚小说，讲述一个僵尸律师的故事。我觉得大多数人觉得律师和僵尸差不多。肯辛顿出版公司买下了版权，这就是我用笔名 K. 贝内特发表的马洛里·凯恩系列作品。

8. 调查

詹姆斯·米切纳会提前四到五年开始"写"一本书。当他"有点儿想法"时，他会开始阅读这方面的书，多达一百五十到二百本。他浏览，阅读，做调查。他将这些都装到脑子里，最终再开始动笔。这些资料给了他大量的灵感。

当下，互联网使得做调查比以往任何时候都容易，但也不要忽略了传统的方法。我们仍有书，你也总能找到相关专家进行访问。如果你资金充足，去实地深入了解是个很好的方法。资料的来源太多了。

9. 痴迷

本质上说，痴迷决定了人物内心最深处的情感。它推动人物采取行动。因此，让人物有所痴迷是产生想法的好办法。什么样的东西会让人们痴迷？

   自我

   胜利

   外貌

   爱情

   欲望

   敌人

   事业

创造一个人物，让其有所痴迷，看其怎样行动。

10. 开场白

迪恩·孔茨的小说《暗夜之声》(*The Voice of the Night*)就是基于他"瞎逛"时想到的一句开场白：

"你杀过什么吗？"罗伊问道。

写下这个句子之后，孔茨才决定将罗伊写成一个十四岁的男孩。他接着写了两页对话，作为小说的开场。但这些都始于那句吸引人的开场白。

约瑟夫·海勒常用几句话来开启全书，他因此而闻名。有一天，他必须开始写一本小说，却没有灵感。在绝望中，这些开场白出现了：

在我上班的地方，有四个我害怕的人。这四个人中的每个人都有五个害怕的人。

这两句话马上引发了海勒所说的"各种可能性的爆发"，结果有了他的小说《出事了》(*Something Happened*)。

记住一个主要的教训：不要让善变的卡利奥佩歇着。毕竟她是缪斯，这是她分内的事。

不要让"不真实"毁了惊悚小说

作家要遵循的最重要的规则,是不要为了情节的发展而让你的主人公像傻瓜一样。(见第三章。)

然后,还有一条同等重要的规则。尽管这个话题主要针对的是惊悚小说,但是其他类型的作品也同样适用。惊悚小说写作的大前提是:出乎意料,合乎情理。

这并不容易。要不然,任何人都可以写出《第六感》(The Sixth Sense)了。即使是 M. 奈特·沙马兰也不能每次都写出《第六感》来。

所以我们怎样才能尽可能地让小说的结尾合理?

想想你的合同义务

在开篇,读者可以接受任何预设。他们愿意将质疑放在一边,除非你写得实在是太荒谬了。换句话说,读者是站在你这边的。他们支持你。因此,你跟他们签下了隐形的合同。他们负责将质疑放在一边,你负责给他们一个好结局。

我经常听到作家说这样的话:"这个故事的前提很不错。我不知道它会怎样结束,但它肯定会结束。如果我不知道它会怎样结束,那读者肯定也不会猜到。"

用哲学的话讲,这叫"不合逻辑的推论(non sequitur)"。

我可以举出一位著名的作家，此人的最后一本书受到了读者的严厉谴责，因为虽然故事预设很好，但经过几百页的悬疑描写之后，结局非常荒谬。出于情分，我不想说出这位作家的名字，因为我也知道写作这件事有多难。

然而，我曾听到这位作家说自己不担心故事会怎样结束，结局自然会到来。这位作家为此付出了代价。

为对手搭建"阶梯"

惊悚小说、推理小说或任何以悬疑为主导的书都不会始于悬念、主体故事或主角介绍。你的故事世界总是以过去开始，以对手的密谋开始。（备注：这里不是指你的作品的开篇，而是你身为作家在写作之前应该知道的事。）

厄尔·斯坦利·加德纳将其编排推理故事情节的方式叫作"谋杀者的阶梯"。从最底下一层梯阶开始，直到最上一层，一共有十层：

10. 消除被忽视的线索和线头
9. 错误的猜测
8. 掩盖证据
7. 逃亡
6. 真实的谋杀
5. 没有退路的第一步

4. 机会

3. 计划

2. 诱饵

1. 动机

所以，你首先要明确的是谋杀者的动机，它根植于反派角色的心中。然后，这个人忍不住采取行动，制订计划，寻找机会，等等。佩里·梅森接到案子后，在侦探保罗·德瑞克的帮助下，顺着阶梯寻找线索，寻找反派可能犯下的错误。

这些步骤的重点在于，当你为反派搭建阶梯时，不仅会让故事的前提可信，也会为剧情转折和其他问题提供灵感。

写出对手的总结陈词

这是我在工坊中提出的写作练习。很简单，却很有用。在构建情节的某些时刻，不论你是喜欢做好大纲，还是随性写作，你都应该停下来，将反面角色放在法庭上。他面对陪审团，必须给出总结陈词来为自己的所作所为辩护。

这一步骤能让你的反面角色变得丰满，增添人物维度，或许也会为其引来一丝同情。这也能防止你创造出那种可怕的恶棍形象。请不要写陈词滥调。

我看到一个坐在后排的、喜欢随性写作的人举起了手。"你有什么问题？"

"我没办法那样写！我必须在写的过程中慢慢去发现！"

"知道你会发现什么吗？你必须让自己写的东西有个结局。因此，你必须回过头去修改、调整，以匹配结尾。最后你会发现，有太多情节没办法改动，除非全部推翻重来。所以最后你会妥协。有时候这样行得通，但即使是畅销作家，也只有百分之四十的成功率。然而，如果你按照我说的步骤做，尽管你还是会随性写作，但是起码有一个方向。"

"但是……但是……"

"没有但是！你知道，写作并不容易。要是那么简单，当名人想进军惊悚小说市场时，就不会雇写手了！"

有道理吗？你曾发现自己必须面对不合理的前提吗？按这些步骤走，这个问题将不再发生！

成为自己的电影制片厂

在多产作家的万神殿中，有一个人比其他人的地位都要高。艾萨克·阿西莫夫写了五百多本书。他写过科幻小说和非虚构作品，写过关于数学、科学、《圣经》和莎士比亚的书，还写过几本二十世纪最赚钱的小说。

他是怎么做到的？

他没有其他生活。

这话不全是玩笑。阿西莫夫自己也承认，写作在很大程度上决定了他是谁，决定了他要做什么，也因此限制了他的社交生活。他曾经写道，如此高产对妻子来说也很不容易。

他说，他总是不停地写，即使他没有坐在那里写作。他的意思是，他的脑子在思索写作的事情，总是在整理想法，有时是不由自主地这样做。

同时应对多个写作计划可能完全违背了写作者的本性。我认识许多作家，他们都说不能同时专注于多本书。我感觉，这只是习惯问题。如果有充足的时间和练习，他们也可以同时应对好几本书。

我想让你把自己想成娱乐公司，比如电影制片厂。

有三件事是好的电影公司必须要做的：决定购买哪个故事、制作哪个故事、上映哪个故事。如果你想成为一个多产的作家，也应该这样做。

首先，你必须决定扩展哪个想法。每周花半个到一个小时的时间来提高创造力。做游戏，运用写作提词卡，刻意想出一些故事来。迪恩·孔茨是当下最高产、最成功的作家之一。在他写作过程的早期，他一直会做这些事。

他会想一些标题，只是标题。然后时不时地，其中一个就会引发一整个故事，就像我前面说过的那样。

他写出脑海中蹦出的有趣的开场白。他会写很多开场白，直到其中一个抓住他，并让他好奇接下来要怎么写。他会写出故事的后续，就为了看看这个开场白会将他引向何处。

学习孔茨的模式，最终，你将拥有一长串可以保存在案的想法和立意。时不时看看这些想法，决定你想继续写哪一个。

当我想要进一步发展时，我就会把那些想法放入另一个文件夹中，我称之为"优先考虑的立意"。

我会花时间扩充这些想法。我会新建一个"白热化文件（意为尽快写作）"，在上面随意收集与之相关的内容。一开始，我会写出关于人物、情节发展和起伏的想法。对一些不同的想法采取同样的措施，使我能够同时处理不同的写作项目，就像电影制片厂一样。

最后就是通过某个写作计划。这时，我会变得很严肃，因为这关乎一本新书、新小说或新故事。

当然，上述的这些都有改变的余地。就像有些样片预示着电影项目不会顺利，我也会将某个写作计划放入"修整计划"中，暂不让其通过，晚点儿再来审查。我的目标是同时有两到三个可实施的项目。

出于热爱而做的事

顶级电影公司会有至少一部出于热爱而做的电影。投资这部电影不是因为有望获得巨额回报，而是因为公司里的某些人觉得这件事值得做。

在二十世纪六十年代末到七十年代初的黄金时代，有许多出于热爱而做的电影问世。某些有史以来最好的美国电影都是小型的个人项目。比如，弗朗西斯·福特·科波拉的《窃听大阴谋》(The Conversation)，马丁·斯科塞斯的《曾经沧海难为水》(Alice Doesn't Live Here Anymore)，保罗·马祖斯基的《奇妙的爱情》(Blume in Love)，伍迪·艾伦的《安妮·霍尔》(Annie Hall)。

这些项目在二十世纪七十年代末期开始衰竭。那时，好莱坞电影大获人心，总是追求像《大白鲨》和《星球大战》那样的热卖电影。

但时不时地，某部个人电影也会悄悄地进入影院，流行起来，提醒我们热爱的力量能够带来什么。

所以，我建议你在后兜里装一个出于热爱而进行的写作计划。你可以带着狂热投入这个项目中，而不用过多地考虑宣传和销售。

如果你写作的目的是赚钱，那你为什么还要这样做？

因为，出于热爱的写作项目会让你成为更好的作家。

这样的写作方式能让你放松下来，舒展筋骨。

事实上，快速写作是一个很好的练习方式。在早上做最重要的事，也就是出于热爱的写作。写个三百、五百或一千字，你就会发现，当你继续去写主要项目时，你会更加专注，更加自信。

如果你喜欢，也可以用日记的形式。

最重要的是，努力做到快速地写，不要过多地担心文体。这是为了放松你的思想，拓展想象力。

七件会毁掉作品的事

失败的方式有很多。

比如，一个新买了船的人，第一次给船加油时，错将钓竿管道当成了油箱。加完油后，他启动引擎。

汽油点着了，船主被炸飞，之后掉入水中，被救了下来，但是船却没有了。（这是一个真实的故事。）

在阻止自己写作这方面，你也可以很有创造力。事实上，或许你正在（无意识地）做一些阻止自己写完一本（可能畅销的）书的事。

如果你想确保能够写完（并卖出）小说，必须避免下面这七件事：

1. 等待灵感

作家们喜欢带着电脑或笔记本去他们喜欢的写作据点。或许你选择的据点是星巴克。你坐下来，点了一杯咖啡，双手捧着它，慢慢地喝着。你总是让手指离开键盘。你会看看窗外，等待一群人字形鸿雁飞过。要是没有窗户，你会观察其他顾客，确保他们能够看到你无比专注的表情。

你等待着灵感的到来。它一定自高处而来，像火焰一样将你填满。

在此之前，你一个字都不写。如果你忍不住想在没有灵感的情况下开始写作，你或许会立即打开蜘蛛纸牌游戏。你告诉自己，这能放松思想，让灵感迸发。

当然，坐在咖啡馆里让别人看着你，等待灵感的到来，这与很多作家的做法相反。他们不会等待灵感。就像杰克·伦敦所说，他们会"带着棍子"去追逐灵感。他们会听从彼得·德·弗里斯的建议："当我有灵感时就会写作，我会确保自己每天早上九点时有灵感。"

写小说没有什么奥秘：写，迅速解决小问题，完成初稿后对付一些大问题。

你应该这样做：

设定写作指标。指标的设定不是基于你思考写作所花的时间，而是基于你写了多少字。每天或每周设定一个指标。找出让你感到舒适的指标，在此基础上增加百分之十，就是你的写作目标。

重读前一天的写作，然后继续。通过阅读昨天写的内容，你可以回到故事当中。修改一些细节，大部分是拼写或文风，然后继续写今天的内容。

2. 左顾右盼

神投手萨奇·佩吉说过："不要往回看。有东西可能正在逼近你。"

对生活来说，这条建议很好。同时，你也应该将其运用到写作中。

如果你想失败，只需不断地担心你写得有多差。每写一千个字左右停一下，然后想一想：这是人类读到的最差的文字了。我的波旁威士忌放哪儿了？

有时人们称之为"内心批评"，不断地左顾右盼只会加重它。

如果你长时间思考这些问题，它们就会变成恐惧。杰克·比卡姆是一名小说家，但是他的写作指导书更出名。他说过：

> 我们所有人都会害怕：怕看起来很傻，怕没有想法，怕作品卖不出去，怕不被人注意。

我们小说作家就是以恐惧谋生的，而不仅仅是看起来很蠢。有些恐惧或许永远不会消失，我们必须学会与之相处。

很多作家不仅学会了与质疑和恐惧相处，还学会了如何打败它们。他们是怎么做到的？大多数情况下，他们就是在键盘上不停地打字。

他们专心于面前的文字，用力驱赶内心批评。

他们通过写作练习来训练自己：

五分钟一直写。写作五分钟，可能的话，将它作为早上的第一件事。一直写，不要停下来去想你写的到底是什么。不要修改。只是一直写。

一页长的句子。选择一个事物（一间房或一个人）进行描写，写一个一页长的句子，不论写了什么离题的话，都不要停下来编辑。

列表专业户。当你没有想法时，列个清单。进行头脑风暴，不去审查任何想法。关掉你的过滤器。写出很多想法，从中挑选最好的。

让批评闭嘴。让内心批评停下来的作家不必担心单词对不对。他们只需写下来。

3. 漠视技巧

不论你有没有写完初稿,这一点都同样适用。这是艺术反叛者的呼喊,他们至死都会谴责那些规则、技巧以及任何与结构有关的事。

这的确让人感觉不错,好像你是世界的主宰。你可以完全忽略在你之前的所有讲故事的人(记得称呼他们为"雇佣文人"或"文字贩子")。但事实是,这样做很有可能让你的作品无法出版。

那些作品卖得好、有读者群的作家们都会严肃对待写作技巧。他们会学习技巧,不必为此道歉。他们获得来自编辑、评论家、可信而客观的朋友们的反馈。他们读了很多小说,不断检验其中的技巧。

他们会分析成功的故事。在阅读中,他们提出问题,用自己的发现来提高自己作品的质量。例如:

> 这位作家是如何做到让我想继续读下去的?
> 我为什么会被主角吸引?
> 代价是何时提高的?
> 作家是如何融入次要人物的?
> 这个场景为什么有效?
> 这个冲突的关键是什么?
> 作家如何处理对话?

你会发现这些勤勉的作家会阅读《作家文摘》(*Writer's Digest*)和写作类书籍。他们运用并实践学到的知识,通过试错慢慢成长为作家。

4. 愤愤不平

有一个方法,不仅能确保你写出不值得读的作品,还能毁掉你的写作事业。自大和轻蔑是可选的两个武器,它们能够摧毁你的出版之路。

当你被拒稿时,不要将之视为针对你的侮辱。不要将编辑和代理人视为喜欢说"不"的讨厌鬼,不要认为他们只会坐在电脑前一边大笑,一边发出他们最喜欢的东西:冷漠而模式化的拒稿信。

一定不要将这些发布到你的社交媒体上并指名道姓地谴责他们。

那些突出重围、获得写作事业成功的人相信自己能够从拒绝中恢复——甚至学到东西,并以此来激励自己写得更好。

记住作家罗恩·戈拉特的警告:"不要把对文稿的拒绝当成对你这个人的拒绝,除非有人指着鼻子对你这样说。"

拒绝的确很伤人,这点必须承认。但这是过程的一部分,将一直存在。记住做以下几件事:

沉溺其中,然后写作。让拒绝伤害你半个小时左右,然后回到电脑前写作。

从批评中学习。仔细阅读出版社的信和你的原稿，努力找出这次拒绝带给你的教训。要明白，出版行业的人实际上也很希望找到新作家。

5. 只为市场写作

现在，让我们谈谈小说家会犯的最大的错误：追逐市场。你或许会忍不住学习畅销书作家，试图发现一种趋势并参与其中。

在出版界有一个说法：当你发现趋势时，已经来不及加入了。当你写完你觉得会很受欢迎的作品时，船早已漂远。

接受这个说法，尝试写点儿新东西，写代理人和编辑在寻找的东西：一种新声音。

作家需要对市场敏感。要知道，出版商是以赚钱为目的的；他们对新作家的投入需要有所回报。

但是，优秀的作家仍会努力创造新东西，他们用精湛的技术来传达自己的心境和热情，让读者看到他们眼中的景象。

是的，景象。每个类型的作品都需要它。正如著名代理人唐纳德·马斯在《小说中的火》(*The Fire in Fiction*)中说的那样："你到底想跟我说什么？"

要想写出新东西，试着这样做：

拓展一个故事的各个方面。一边写故事，一边感受它。

大量阅读材料。阅读你的写作类型以外的作品，甚至是诗歌！不要去追逐流行，而是要拓宽你的文体范围。

6. 走捷径

即使电子书迅速发展，即使现在要"发表"任何东西都很容易，作家们在发表作品时也不要浪费机会。并不是你写的所有东西都值得作为自出版电子书发表。

依赖自出版会减少你必须获得成功的压力。自出版的简单便利，加上你愤愤不平的态度，将给你的写作带来双倍打击。

你的目标应该是在电子书和自出版这种非传统出版模式下夯实基础——找到一些万无一失的方法来检验作品：

借助测试或请试阅者来检验。不要过于相信自己。你要知道，你需要客观的读者，让你信任的人来告诉你作品中具体哪一点不好。然后想办法修改。

聘请一个优秀的自由编辑。你要知道，传统出版业的一大优势在于专业的编辑，所以请一个口碑好的自由编辑来检查你的作品是很值得的。注意，是"口碑好"的。也有很多差劲的编辑，他们高兴地拿着作家的钱，工作质量却很低。

7. 放弃

如果所有方法都失败了，你仍在挣扎，那么记住：永远不要停止写作。

记住那些坚持下来并最终找到代理人或出版商的人，比如凯瑟琳·斯托基特。她花了五年时间完成了《相助》(*The Help*)的写作和编辑，却在接下来的三年半时间里一直遭到代理人的拒绝——总共六十位代理人拒绝过她。第六十一个代理人接受了她，接下来的故事你们都很清楚。

出版过作品的作家会告诉你，写作就是关于坚持的——所有成功的作家都是这样。他们会告诉你：只要你有电脑和键盘或笔和纸，你就能写作；只要你写作，你就有机会出版作品。

作家大卫·艾丁斯说过："不断地写。不断地努力。不断地相信。或许你仍然不能成功，但至少你让自己做出了最好的尝试。如果你没有心结，那么写作就不适合你。继续编织心结吧。"

作家应该忽略的胡说八道

不久前，我厚脸皮地在小组博客 Kill Zone 上发表了写小说的三条规则。这条博文引起了关于什么是"规则"和什么是"原则"的激烈讨论。但总体而言，大家一致同意

下面三条规则对卖出小说非常重要:

1. 不要让读者感到无聊。
2. 让人物处于危机中。
3. 用心去写。

在这里,我想讨论作家最好忽略的一些写作建议。

这些建议从何而来?我觉得,纽约斯克内克塔迪的一位疯狂科学家伪造了这些写作建议病毒,并将之转化成一种无色无味的气体。然后,他秘密谋划,让这些气体渗入评论圈,感染了评论家们。于是评论家们开始散布这些有害法则,似乎它们都是神圣不可侵犯的。

现在,我要为你提供这种气体的解药。

不要以天气开头

裁决:胡扯

这个病毒可能是由埃尔默·伦纳德散布的,他曾匆匆忙忙列了一个规则清单,却成了写作者的神圣法则。如果他的建议是"不要打开一本充满静态、单调内容的书",我就完全赞同。

这条规则是胡说八道的,原因为:天气可以为开篇事件增加维度和气氛。如果你这样使用它,将天气融入行动中,就是很好的开头方式。

看看狄更斯的小说《荒凉山庄》(Bleak House)的开头,或者斯蒂芬·金的短篇小说《你所爱的都将被带走》("All That You Love Will Be Carried Away"),或者安妮·拉莫特的《蓝鞋子》(Blue Shoe)中更加静谧的开头。他们都运用天气营造了极好的效果。下面是杰克·比卡姆的西部小说《刽子手的领地》(Hangman's Territory)的开头:

> 暮春的风暴十分疯狂。在东边,蓝灰色的云迅速移动,愤怒地冲向吉布森堡。在西边,太阳小心翼翼地从最后一帘雨中窥探世界,从云中倾斜下来,让空气变成了陌生、沉默的亮黄色。今天的闷热已被打破,现在,傍晚变得凉爽而湿润,雾气魔法般出现在印第安民族的红色土地上。
>
> 埃克·杰克逊扔掉了沉重的帆布,他一直在帆布下等待着。他走出两块岩石之间的庇护所,望着天空,他的靴子陷入红色的泥土中。

如果你觉得天气能和人物的心情、情感互动,那就可以用天气开头。

不要以对话开头

裁决：胡扯

以对话开头会立即产生冲突，这是大多数未发表作品的开篇缺乏的内容。有时，这个规则又被说成"不要以没有说话人的对话开头"。这简直是一派胡言。因为，读者的想象空间有足够的耐性和适应性。如果他们被对话吸引，就会多等几行，直到找到说话的人。在这个过程中，读者并没有错失什么。

例如：

"汤姆！"
无人应答。
"汤姆！"
又无人应答。
"汤姆！"
"这孩子到底怎么啦？我真搞不懂。你这个汤姆！"
还是无人应答。
老太太拉低眼镜，从镜片上方朝房间看了看……
——马克·吐温《汤姆·索亚历险记》
（*The Adventures of Tom Sawyer*）

"你想说点儿什么想法?"

"关于什么的想法?"

"任何事。关于这件事。"

"关于这件事?是的,我有一些想法。"

她等待着,但他没有继续说。他在去唐人街前就已经决定,这就是他的方式。

——迈克尔·康奈利《最后的郊狼》

(*The Last Coyote*)

"姓名?"

"罗伯特·特拉维斯。"

"职业?"

"采矿工程师。"

"住址?"

"木卫三的木星开发小组第七中心。"

"为什么要参观月球?"

"我正在检查梅尔纽布伦姆区域新型达尔梅耶单元的性能。我们计划做些调制,将之应用到木卫三的纯达特区域。"

"我知道了……"通港检察官在我的资料里搜寻着什么,"你的大脑分析表呢?"

——德怀特·V. 斯温《被调换的人》

(*The Transposed Man*)

前五十页不要写背景故事

裁决：垃圾（比胡扯更离谱）

如果背景故事指的是闪回片段，那么这个建议就有可取之处。如果读者读到了极有吸引力的故事，他们就会为了获取背景信息而长时间地等待。但如果你用一个长长的闪回片段阻碍了开头的前进，那么你就失去了叙事的力量。

然而，如果背景故事指的是人物的历史，那么这个建议就毫无依据可言。事实上，要在读者和人物之间建立联系，背景故事非常必要。如果我们对冲突中的人物一无所知，我们就不会参与到他们的麻烦事中。（去读孔茨和斯蒂芬·金的作品，他们巧妙地将背景故事集融入了开头几页中。）

我给学习写作的学生们提出过一个很简单的指导原则：在开头十页中写下三个背景故事句。可以三句放在一起，也可以分开。在接下来的十页中，写出三段背景故事，可以一起，也可以分开。（参见第四章的"如何处理阐述和背景故事"。）

我发现这对写作初学者来说非常有用。

写你知道的事

裁决：胡扯

更合理的建议是：写出你是什么样的人。写你所爱的。

写你需要知道的事。

不要听从任何写作建议

裁决：散发着恶臭味的胡扯

一些文学专家能够自然而然地写作，不用考虑技巧问题。这些人可以自成一派，把酒言欢。

除此之外的作家一定会从学习技巧的过程中受益匪浅。我听一些作家说，他们不想学习技巧是因为担心技巧损坏作品的纯粹性。他们中有些人拿下了合同，卖出了五百本书。然后，他们就会在作家研讨会上大放厥词，声称没有结构这一类东西，并表示参加作家研讨会只是浪费钱——这些人该做的就是回家写作。（据我所知，这种事确实发生过几次。）

我的建议是：不要当这种作家。

创造有吸引力的想法

前几天，我查看一些旧文件的时候，无意中发现了几年前的一张小纸条。我记得很清楚，当时我正在路上，准备去和桑德凡出版社商谈。我正在为下一个写作计划做准备，想让它初具雏形。一直以来我都在努力这样做。

当时，有一个想法已经在我脑海里徘徊了一段时间。它基于两件事：第一，一次不愉快的会面，对方是我过去认识的人，他坚持要涉入我现在的生活；第二，我喜欢的一本小说的情节，来自约翰·D. 麦克唐纳的《刽子手》(The Executioners)，即电影《恐怖角》(Cape Fear)的故事原型。

我将这两件事放在一起。顺便说一句，这是构思情节的很好的方法。迪恩·孔茨是这方面的大师。例如，孔茨最好的惊悚小说之一《午夜》(Midnight)，就是《人体异形》(Invasion of the Body Snatchers)和《冲出人魔岛》(The Island of Dr. Moreau)的结合体。孔茨甚至在书中提到了这两部作品的名字，向那些能够认出情节线的读者们"眨眼"示意！但是所有的角色和情景都是新的、原创的。这就是构思情节的过程。

总之，当时我坐在大急流城的宾馆里，写下了这张纸条：

一个男人要保护他的家庭，需要走多远？对律师萨姆·特拉斯克来说，这比他想象的要远得多。因为，当他过去认识的某个不受欢迎的人出现，并决心破坏他的家庭时，萨姆必须离开法律的文明角落，走进内心的黑暗深处。

作为一个被我在宾馆里匆匆写在笔记本上的想法，这个主意还不错。这个想法就是我的小说《无法可依》(*No Legal Grounds*)的基础。这本书成了畅销书，也是我最喜欢的惊悚小说之一。

原因就在于想法。如果你的想法一开始就不够精彩和简单，那么你很有可能行走于淤泥之中，偏离轨道。你应该能够用几句话说清你的想法。

> 在南北战争期间及之后，一位以自我为中心的南方美女不得不为了家庭而奋斗。她甚至要抗拒一位帅气小流氓的魅力，即使他长得很像克拉克·盖博。

> 为了回家，一位堪萨斯州的农村女孩必须在这座充满小矮人和飞猴的岛上杀死邪恶的女巫。在稻草人、铁皮人和狮子的帮助下，她沿着黄砖路走下去，面临着各种危险。

这样一个简单的总结才是你的锚，是黑暗中的照明灯。它让你专注，写出有机统一的场景。

在现实世界，重要的是位置、位置、位置。

在小说世界，重要的是想法、想法、想法。

确保你在写作前知道自己的想法。

如何写出令读者爱不释手的小说

一位朋友推给我一份好读网（Goodreads）上的有趣信息图，主题是"读者为什么放弃了一本已经开始读的书"。在那些原因中，你会发现：

无力的写作

荒谬的情节

不讨喜的主角

但目前排名第一的原因是：太慢了，无聊。

这听起来很有道理，不是吗？带着对萨默塞特·毛姆的尊敬，我相信，写小说至少有一条规则，那就是不要让读者感到无聊！

因此，如果我可以扮演我最喜欢的角色——世界上最有趣的人，那么我会对你说："找出读者不喜欢的事，然后……不要做那些事。"

谢谢。

让我们来看一看。

无力的写作

这可能指缺乏想象力或平淡无奇的句子。没什么特色。

没有约翰·D.麦克唐纳所说的"不唐突的诗意"。你必须有一点儿文采，或者有代理人和编辑们所说的"声音"。为了帮助你形成声音，试着读一些其他类型的书。或者听从雷·布拉德伯里的建议，读诗。换句话说，脑子中装点儿好词佳句。这能够自动拓展你的文风。

荒谬的情节

惊悚小说作家很容易走入这个误区。我记得读到过一本惊悚小说，开头写的是一些军人闯入了某人的房子。他震惊了！发生了什么？暴政！就在他的家里！为什么？因为首长想要与他秘密会面。但我想的是，为什么要派一队训练有素的军人闯入一个男人的郊区房子，让他吓掉了魂？尤其是军人们知道，这个人并不构成任何威胁。他没有武器，也没有任何理由抗拒。并且，为什么要吵醒街坊邻居（一个被忽略的情节点）？为什么不直接礼貌地敲敲门，让这个家伙跟他们走一趟？我能想到的唯一解释是，这位作家想要以宏大的、戏剧化的、惊心的场面开头。但是这里并不合情理。所以，我放下了那本书。

每个情节都要言之有理。（参见第一章中关于故事前提不合理的内容。）情节越离奇，你就越要努力地使之合理。放着某些情节点不理，或者写一些不合理的情节，只会把读者从故事中推出来。所以，努力吧。

不讨喜的主角

大体而言，写好不讨喜的角色（做一些常人不支持的事）的秘诀是给角色一个讨喜的特点。例如，斯佳丽·奥哈拉，坚韧，有决心；而夏洛克·福尔摩斯虽然是个自大的人，但他有资格这样做——他总是房间里最聪明的那一个。

至少给读者一个理由，让他们期待角色最后能够获得救赎。当吝啬鬼埃比尼泽·斯克鲁奇看到年轻的自己时，他敞开心扉，于是变得像老菲茨威格一样乐善好施。或许这样的故事可以重演！

太慢了，无聊

这是最主要的一条。可说的太多了。以"希区柯克的格言"为基础，我主持过一个三天的集中训练营。当被问到什么是有吸引力的故事时，希区柯克说："拿掉了无聊部分的生活。"

如果必须以电报的形式说明普遍原则，我会说：

> 创造一个有吸引力的角色，把他放入和对手的"死亡对决"中（死亡可以是身体上的、职业上的或心理上的），只写那些能够反映或影响这次对决的场景。

这个原则很简单,很直接。

学习如何去做需要花费时间,需要练习,也需要永不止步的学习。

第三章　写出令人难忘的角色

　　E.L. 多克特罗写过："小说家是住在别人躯壳里的人。"是的，并且一名大师级的小说家能够让角色也住在别人的躯壳里，与读者紧密相连。如果不能和角色关联，读者很快就会将故事放到一边，去读另一本。因此，那些能够帮助你创造鲜活人物的工具才是最有价值的。

关于人物你需要知道的十件事

1. 人物决定了读者如何与故事相连

　　我读过各种历史书，尽管它们很有趣，但与一本好的传记相比，仍微不足道（写此书的时候我正在读 H.W. 布兰兹写的安德鲁·杰克逊的传记）。为什么呢？因为比起时代，我对人更感兴趣。（我听过有人将历史称为"时间的传记"。）我认为大多数人都是这样。

我们都喜欢跌宕起伏的情节，喜欢追逐、爱、恨、斗争、自由下落——所有这些事情——但读者若不能和角色建立联系，那么这些都没什么用。

2. 另外，没有情节支撑的人物是一团糨糊

和有些人的想法相反，小说并不"只关乎人物"。为了证明这一点，让我们想想斯佳丽·奥哈拉。你想看到四百多页描述斯佳丽坐在门廊前与人调情，或者去舞会，耍小孩子脾气的故事吗？我想应该不会。《飘》(*Gone with the Wind*)中的什么因素让我们一直想看下去？是南北战争。

只有角色面对复杂的情节，被迫展示出意志力时，一本小说才构成故事。情节交代出真正的角色。它扯掉人物的面具，这才是读者真正想看的。

顺便说一句，"一团糨糊（blob of glup）"这个短语是我听母亲念詹姆斯·瑟伯的《十三座钟》(*The 13 Clocks*)时记下的。我觉得这个说法太贴切了。

3. 主角不一定道德上正确，只需要擅长某事

最流行的英文作品中，有两本是关于负面角色的。我将负面角色定义为：他所做的事是群体（角色群体和读者群体）不支持的，是伤害别人的。比如《圣诞颂歌》(*A Christmas Carol*)里的斯克鲁奇和《飘》里的斯佳丽。然

而，读者为什么想要追随他们？

有两个原因：读者想看到负面人物得到救赎，或者想看到他们罪有应得。

成功创造一个负面人物的秘诀是在故事早期阶段给予其改变的能力。当斯克鲁奇被带回童年时期，我们第一次看到他展现出一些同情心。或许他并没有完全迷失！

你也可以展现出负面人物的力量，如果好好利用，这股力量可以变成资产。斯佳丽拥有勇气和决心（由她的自私浇灌而成），总能把事情做好。我们欣赏这一点，并希望在故事结束时，她能够用自己的决心帮助别人。她确实这么做了，但是太晚了。瑞特已经不理她了。

4. 人物应有背景信息

是的，你必须了解你的角色的生平或至少一些关键事件。我喜欢问的一个问题是，角色十六岁时发生了什么？那一年非常关键，是塑造性格的一年（如果角色正好十六岁，那我就会问他八岁时的情况）。

但你不需要揭露所有的关键信息。事实上，有所保留是好的，尤其是保留一个秘密或某个创伤。让角色的行为方式暗示出过去的经历。《卡萨布兰卡》(*Casablanca*)里的里克为什么要伸长了脖子张望，却不在等待任何人？他为什么要一个人下象棋？他为什么要保护乌加特？他为什么喜欢巴黎？我们看到他的行动带着神秘性，直到深入电影中才得到答案。

5. 但是读者想知道人物的一点点信息

有人建议，在小说开头的五十页里，不应该透露任何背景故事。相反，我的建议是：在开头几页透露点滴背景故事。几乎每一个畅销书作家都这么做，比如斯蒂芬·金、迪恩·孔茨和迈克尔·康奈利。但要记住，只透露能够帮助读者与角色建立联系的必要信息。

6. 难忘的人物引起读者的情感波动

我们都了解内心冲突。角色不确定要做什么，他的内心挣扎着，他既支持又反对某个行动。这样很好，要做到这一点，方法之一是找出角色在每个场景中的恐惧。

但要想在读者心中激起更强烈的情感波动，你可以考虑让角色做一些与读者期待完全相反的事。情感波动的产生，不仅在于让读者体会到一个场景或角色的表面情感，还在于让他们体会到与主要情感相左的其他情感。

用头脑风暴来创造引起情感波动的想法，你总会在列表上找到一个超出预期的好想法。将那个想法加入故事中，描写它。让其他人物对它做出反应。

当汉尼拔·莱克特让克拉丽斯·史达琳将证件递进房间

时，他看都没看，一点儿也没怀疑她。

  他用证件拍打自己小小的、白色的牙齿，闻它的气味。

这样的动作就引出了一个独特的、难忘的角色。
  E.M. 福斯特在《小说面面观》(*Aspects of the Novel*) 中将与"扁平人物"相反的"圆形人物"定义为那些"能够以令人信服的方式让读者感到惊讶的人"。

7. 反派"情有可原"，至少他们自己这样认为

  反面角色（或按照我喜欢的说法，对手）是致力于阻止主角的人。他不一定必须是恶棍或"坏家伙"，他只需要站在情节的另一边：两条狗争抢一根骨头。
  当对手是坏人时，不要将他描写成单一的性格。绝对邪恶的坏人很无聊，容易预测，读者不喜欢这样的角色。这么做是在剥夺读者进行更深层阅读的机会。
  在工坊中，我给出了一个练习方法：写对手的总结陈词。（参见第二章的"写出对手的总结陈词"。）假装反派角色必须面对陪审团，为自己的行为辩护。他不会说："因为我就是个坏人。我就是个变态，我生来如此！"坏人都不觉得自己很坏。他觉得自己是对的。

现在，写下总结陈词，让我们这些不是反派的人也能够理解他。

8. 不要浪费次要人物

我看到新手作家最大的错误之一，是让模式化的角色做次要人物：魁梧壮硕的酒保在吧台擦瓶子；穿靴子、戴牛仔帽的乡巴佬卡车司机；漂亮俏皮的女服务员。

赋予次要人物一些特征，让他们远离刻板印象。想一想：

> 与刻板印象相反（比如，一个女性卡车司机）
> 一个奇怪的标记或癖好
> 独特的说话方式

为打造次要人物花一点儿时间，读者就能获得巨大的阅读快感。

9. 好的人物让人愉悦

当我问起别人最喜欢的书或电影以及原因时，他们总会说出一个角色。比如，关于斯蒂芬·金的《魔女嘉丽》(Carrie)的讨论总是从人物开始。

《沉默的羔羊》(The Silence of the Lambs)呢？两个

人物：令人难忘的汉尼拔·莱克特以及缺乏安全感但顽强的实习生克拉丽斯·史达琳。莱克特以他的智慧、狡猾和饮食习惯让我们愉悦（因为我们都有些扭曲）。克拉丽斯也让我们愉悦，因为她是经典的弱者形象，在与职业上和内心中的恶魔斗争。

在这一方面，哈利·波特系列做到了极致，其中的大量人物给读者留下了多方面的印象。这个系列一半的愉悦来自故事中丰富的人物。

10. 好的人物提升读者的精神境界

经久不衰的人物最终总会教给我们关于人性的道理，因此，也让我们得以了解自己。他们提升了我们的精神境界，哪怕角色是悲剧性的。就像亚里士多德在很久之前说过的，悲剧人物带来了"净化"，因为清楚了悲剧性缺陷，可以让人变得更好。

正面的例子，我想到了哈里·博斯和阿提库斯·芬奇，他们对正义的追求似乎是不可能的。阅读他们的故事让我变得更好，这也是我总会反复阅读的书。

反面的例子，我想到了前面说到的斯佳丽·奥哈拉。我们推着她去做正确的事，去加入正确的群体。然而她却转头离开，嫁给了自己不爱的人，无情地利用他。当她最终为此承担后果时，我们得到了警示。

▶ 创造令人难忘的人物的练习

1. 形容主角的最好的那个词是什么？

2. 你为什么选择这个词？这个选择贴近你的内心吗？它表现出了什么？

3. 如果这个角色是唯一会让你成名的角色，你准备好和他或她一起走下去了吗？

4. 如果你对第三个问题的答案不确定，那么系统地检查上面十个注意事项，为角色添加新内容。

人物性格

希波克拉底最早发现了四种基本的人物性格类型，他称之为多血质（sanguine）、黏液质（phlegmatic）、胆汁质（choleric）和抑郁质（melancholic）。这些都源自体液的名字，希腊人认为体液影响了人们的行为。

今天，虽然有了现代数据的帮助，但大多数心理类型仍然和上述四种类型相关。这对创造小说中的人物来说非常有效。因此，我采用以下名称。

类型一：受青睐者

这类人物拥有"很受欢迎"的性格，他们总是"派对的中心",在社会上发展得很好,像《飘》中的斯佳丽·奥哈拉。

类型二:勇士

正如这个名称所表示的,这一类人是斗士,他们在战场上表现很好。强壮有力是他们的别名,他们受目标驱动,意志坚定。罗伯特·E.霍华德创造的蛮王柯南就是一个典型的例子。

类型三:思考者

思考者也是挑剔者,他们受细节驱动,有明确的时间表,擅长解决问题。他们也喜欢图像,比如表格和曲线图。阿加莎·克里斯蒂创造的大侦探赫尔克里·波洛就是这样一类人。

类型四:调解者

这类人物也被称为和平主义者。他们非常克制,喜欢愉快地解决问题,将人们连接到一起。例如,《绿野仙踪》(The Wizard of Oz)里的多萝西。

上述每一种人物都有一套性格特征。为了方便,我为你们准备了一个性格类型表。让你的人物尝试各种类型。

你将发现以前没见过的人物色彩和影调。

当你将各个人物集合在一起，组成一个"管弦乐队"时，确保他们有明显的区别。借助这张表格来设想新的冲突剧情。

尽情设想吧。让你的人物决定自己的走向。如果你为之感到惊讶，是件好事——说明人物鲜活起来了！

如果你对人物档案上瘾

有些作家明确表示，如果没有完整的人物档案，他们就无法开始写作。如果你是这样的作家，那么下面这个列表是你应该考虑到的一些问题和描述，它们会让你开心地完善人物档案。

姓名、性别和年龄：
性格类型（见性格类型表）：
身高：
体重：
眼睛的颜色：
头发的颜色：
怪癖：
出生日：

性格类型表

	受青睐者	勇士	思考者	调解者
情感	吸引人； 派对达人； 健谈，讲故事的人； 良好的幽默感； 快乐，爱笑； 善于表达； 充满好奇心； 良好的群合感； 活在当下。	领导者； 充满活力； 积极主动； 意志坚定； 不为情感所动； 自信； 坚持； 强势。	深思熟虑； 深沉； 有天才的倾向； 艺术性； 对别人敏感； 理想主义。	低调； 放松； 冷静，酷； 有耐心； 安静但睿智； 有同情心； 隐藏情感。
工作	志愿者， 能量，热情。	目标驱动； 善于组织； 坚持产出。	需要日程表； 专注于细节； 整洁，干净； 喜欢主持。	有竞争力； 稳重； 避免冲突； 很好的抗压力。
朋友	很容易交到朋友； 喜欢人群； 喜欢别人的恭维； 遭人嫉妒； 喜欢即兴做事。	不太需要朋友； 认为自己是对的； 在紧急情况下表现优异。	交朋友很谨慎； 满足于站在幕后； 富有同情心。	很好相处； 不带攻击性； 善于倾听； 冷幽默。
弱点	强势的健谈者； 言过其实； 以自我为中心； 容易发怒。	专横； 没有耐心； 很快被激怒； 无法放松。	喜怒无常； 喜欢受到伤害； 待在另一个世界中。	没有热情； 优柔寡断； 羞涩； 自以为是。

人物在哪里长大？拥有什么样的成长环境？

种族背景：

绰号：

人物的父母怎么样？活着还是已故？

人物的学校经历是哪种？学了哪些课程？

现在的婚姻状况：

有孩子吗？

现在的经济状况：

现在的居住条件：

主要长处：

主要缺陷：

这个人物的独特之处是什么？

这个人物如何打破了刻板印象？

爱好：

不能忍受的事：

喜欢的电影和书：

喜欢的食物：

穿衣风格：

人物和别人（家人、朋友、邻居、同事、老板）相处得怎么样？

人物对当下重要事情（堕胎、犯罪、环境、政治、宗教）的看法是什么？

人物的"主导情绪"是什么？终其一生，想要成为什么样的人？

这个人物与真实的人相比形象更丰富吗？怎样丰富的？（故事人物必须拥有更多热情、情感和困难等。）

哪三个词能最好地形容这个人物？

分别对上述三个词进行头脑风暴。随意写下人物或许会采取的行动。

人物在"管弦乐队"中适应得怎么样？与其他人物有何不同？

人物最害怕发生的事是什么？在其灵魂深处最害怕的是什么？

人物的脆弱点是什么？

内心冲突：人物内心中两个冲突的想法是什么？一个支持其向前，另一个阻止其行动？

人物在冲突中怎样成长？（当事件过去，人物会怎么想？将学到什么？）试着现在就总结人物的思想。

人物将怎样表现出勇气？

在这个世界上，人物最爱的是什么？

如果可以，人物愿为什么而死？

你为什么喜爱这个角色？

你将把谁打造成这个角色？（如果有帮助，可以将性别对调。）

闭上眼睛，用心去看、去听这个角色。然后考虑接下来的问题。

- 你看到了什么姿势或动作？
- 人物做了什么让人惊讶的事？
- 发现一个紧张事件，人物会如何行动？
- 听人物抱怨某事。这件事是什么？
- 听人物大声谈论某事。这件事是什么？
- 听人物唱歌。在唱什么？

不要让你的人物像个傻子

前几天，我读了一本几年前出版的惊悚小说，在最后一幕之前，我都挺享受的。

你知道我在说什么。你沉浸在有条不紊的故事设定里，直到它像肥皂泡一样，在一系列错误中破裂、收场。以下面这个情节为例。

主角是一个聪明、漂亮但除此之外平平无奇的年轻女人，她突然变成了全国运动汽车竞赛里技艺高超的司机，开车撞了一名正拿枪瞄准她的职业杀手。然后，她慢慢地从车里走出来，越过那人摊开的身体……任由他躺在那里……没有捡起他的枪……也不去确认他是不是真的死了，是不是完全丧失了行为能力！我的意思是，一个聪明的年轻女人肯定已经看过了上百本惊悚小说,在那些书里,被撞的男人总是突然活过来了!

因为没有捡起杀手的枪,当坏人突然出现时,这位年轻女人就非常容易受到伤害。伴随着悬疑片中的音乐,这个男人果然醒过来了。真是奇迹中的奇迹!他既吓到了我们聪明的年轻女人,又能立即杀了她。然而,因为在之前的十五分钟,出于某些原因,这位步步为营的恶棍已经被转化成一个笨蛋,所以我们的女主逃脱了。他追到一个房子里,将她逼到角落。然而,他没有立即杀了她,而是利用珍贵的屏幕时间来和她说话,来讲述他会如何杀了她!(我将这种事称为"过于健谈的坏人综合征"。)

然后,这位聪明、漂亮但平凡的年轻女人发现了自己的超能力,如忍者和勇士一般的技能。她能够用头撞击恶棍,将他摔下楼梯。用头撞?真的吗?

对惊悚小说家(或任何一种小说家)来说,没有比下面这条更重要的规则了——是的,这是一条规则,如果你违背了它,你将被带到写作技艺的木棚屋,被我那本潮湿的《这样写出好故事:玩转情节与结构,写出会咬人的好故事》(*Plot & Structure*)鞭打。

永远不要通过让你的主角像个傻子一样,或者突然拥有便利的能力来推动情节发展!

是，人物可以犯错。人物可以采取错误的行动。但不要让这个错误看起来很愚蠢。不要创造一个突出重围的机器。

为了避免这个问题，你可以采用接下来这个简单的技巧。在你写任何场景之前，停几秒，问自己两个问题：

1. 在这个场景中，每个人物最有可能做出怎样的行动？

每个场景里的每个人物都必须有个议程，即使他只是——如冯内古特所说——去拿一杯水。毕竟，这关乎你如何在场景中制造冲突。在明确了议程之后，选出人物为达到目的有可能采取的最好的行动。

2. "画外"人物最有可能做出怎样的行动？

记住，当你写一个关于主角的场景时，其他人物，比如坏人，他们也活着，正在其他地方行动。他们在做什么？他们怎样推进议程？回答这些问题可以帮助你写出跌宕起伏的情节。

人物应该怎样变化

我收到一位作者的来信，他问道（此处引用已获许可）：

亲爱的贝尔先生：

　　我有一个愚蠢的问题。刚才我在构思最新一本书时，有了一个想法。我知道主角必须有所改变。这很重要。但次要人物呢？坏人呢？是不是次要人物也需要改变，但变化要比主要人物小？并且，我希望坏人从中性角色变成完全的恶棍……这样合理吗？这些事情我从谷歌上查不到……

首先，这完全不是一个愚蠢的问题。事实上，这是关于写作技巧的很棒的问题。以下是我关于这件事的想法。

主角改变的方式有两种

　　在我的《从中间开始写小说》(*Write Your Novel From the Middle*) 一书中，我解释过，不是所有的主角都必须从一个状态转变到另一个状态。当然，这样的转变在小说中很常见。

　　例如埃比尼泽·斯克鲁奇，开始时他厌恶人类，到结束时他变成了集体中慷慨、有同情心的角色。《致命武器》(*Lethal Weapon*) 中有自杀倾向的警察马丁·里格斯，从一个不合群的自我毁灭者变成了罗杰·默托一家的知心好友。

　　这样的改变只在第二幕中发生。主人公学到了某种人生经验。为什么是这里？因为第二幕是死亡（身体上的、职业上的或心理上的）冲突发生的地方。要么学到，要么死去！

最后，主人公成了崭新的人，对集体来说有价值的人。正如我的朋友、《作家之旅》(*The Writer's Journey*)的作者克里斯托弗·沃格勒所说，主角带着炼金药回到家：他拥有了要与平凡世界分享的新智慧、新视野。

当然，我也说过，主角也可以朝相反方向改变。迈克尔·柯里昂从一个忠诚的美国士兵变成了内心麻木的教父。那是因为，在第二幕中，他的父亲几乎被另一个犯罪家族杀死。在这关键的"镜子时刻"（见下一节），迈克尔意识到他是三个弟兄中唯一知道如何复仇的人。这开启了他的反面发展。

但人物并不总是这样发展。还有另一个方式，那就是，由于第二幕的生死较量，主角保持原来的本性，但变得更加强大。

《亡命天涯》(*The Fugitive*)中的理查德·金布尔医生就是这样的例子。在故事开始和结尾时，他都是那个得体的男人。但是他必须学会求生技能。他被迫变得强大，因为他被误判为谋杀妻子的凶手。当他从监狱大巴逃脱时，他必须活着，必须逃出法网才能找到真正的凶手。

《冰血暴》(*Fargo*)里的玛吉·冈德森警长，在故事结尾时，还是开始时那个得体的小镇女警。但是她必须提升自己的技能，将卑鄙的杀手和骗子艺术家绳之以法。他们和她见过的品行不端的人都不一样！

所以，考虑一下你的主角将经历怎样的改变：是本性的改变，还是变得更强？

同时，也要考虑到，人物可以拒绝改变。他可以被给予恩惠（弗兰纳里·奥康纳的话）但选择拒绝。这就是悲剧发生的原因。

在《奥赛罗》(Othello)的第四幕，苔丝德蒙娜的侍女埃米莉亚（很不幸，也是雅各的妻子）向奥赛罗表明苔丝德蒙娜的清白。但当她退场后，奥赛罗小声说道，她就是个"狡猾的婊子"，他拒绝相信她。所以，奥赛罗杀死了妻子。

最后，变化可能来得太迟，这也是悲剧。想想《飘》里的斯佳丽·奥哈拉。

次要人物的改变

次要人物受主要人物的勇气和行为影响而发生转变，这是一个有力的隐喻。

这也是《亡命天涯》比大多数动作片高级的地方。理查德·金布尔的对手是汤米·李·琼斯扮演的警官萨姆·杰拉德。杰拉德一开始就明确表示，他只有一个任务：抓住金布尔。当金布尔拿枪指着他，表示自己真的无辜时，杰拉德说："我不在乎！"因为那不属于他的工作。在那一刻，金布尔想:"哦,糟了!"(这是我对金布尔扮演者哈里森·福特面部表情的解读。)所以他跳下溢洪道,扑通一声跳入水中。

看到这个行为以及金布尔的其他行为——也看到了芝加哥警察在初始调查时的垃圾做法——杰拉德开始在乎了。最后,他帮助金布尔抓住了真正的坏人。

另一个例子是《卡萨布兰卡》里腐败的法国警长路易斯。看到里克开始反对纳粹,路易斯最终良心发现,在里克杀死市长斯特拉瑟后,路易斯放走了他。路易斯对来到的警察部队说:"围住犯罪嫌疑人。"不仅如此,路易斯还离开警部,和里克一起参加战斗。这是"一段美好友谊的开始"。

这样的改变强化了故事主题。我们想要看到,正义和荣誉遍布天下。当事情发生时,必须足够有力,足够让次要人物发生改变。

坏人从中性变得更坏

随着故事的发展,坏人可以变得更坏。这样的故事没有什么不可以。你可以从坏人的视角出发,展现一个平行情节,或者你可以将它打造成"影子故事"。(参见第四章的"影子故事的力量"。)在画面外,坏人发生了什么事?他怎样修改计划,无视良知,一步步远离人性?想一想,然后将这些材料加入你认为合适的地方。

情节就是讲述一个角色如何运用意志的力量来对抗死亡——不管是身体上的、职业上的死亡，还是心理上的死亡。经历过这样的考验，没有人能不发生改变或不变得更强。

读者在整本书中都在寻找改变，你的任务就是展现变化，让读者高兴。

▶ 人物变化的练习

1. 想一想故事结束时的主角。以调查记者的身份采访主角。

2. 提问：你是怎样改变的？不要接受第一个答案。让人物更深入一些。

3. 提问：最了解你的人会怎样描述你的改变？

4. 采访其他主要角色。提问：本书中的主角怎样影响了你？

5. 将这些改变加入手稿中。

镜子时刻的反思

在《从中间开始写小说》一书中，我描述了我所说的"镜子时刻"。这是我在结构严谨的电影和小说中看到的一个有力的节点。（在前一节和第二章中都提到过。）

简言之，在结构严谨和令人难忘的故事中，中间部分有这样一个时刻，人物被迫做出思考。那个反思的时刻成为故事的真正内容。在人物的角度上，镜子时刻就是故事的"一切"。

有两种"镜子时刻"：

1. 人物被迫去反思自己的人格，就自己的人格提问。这是真正的我吗？我是怎样变成这样的？我还会继续这样吗？例如，在《飘》的中间，斯佳丽在内心就是这样问自己的。她会变得更弱还是更强？她会成为拯救塔拉的那个人吗？

2. 主人公意识到命运的力量太强大了，死亡可能是不可避免的。人物必须想出战斗的方法。例如，在《饥饿游戏》的中间，凯特尼斯接受了自己的死亡。在镜子时刻，她意识到死在她所在的这片土地上也不错。

镜子时刻揭示了小说中的一切，从故事发生前的人物心理到最后的转变，相当于故事的铅垂线、故事的支柱。你写的每一个场景都要和镜子时刻有机连接。

不久前，我收到了下面这封邮件，经允许后放在这里。

詹姆斯，你好：

我拥有好多本你写的书，所以我想写信告诉你我的一次小小的顿悟。我最近买了《从中间开始写小说》，因为写作类书籍让我感到疲倦，所以我虽然带着一些兴趣去读了，却也不怎么相信。

两周后，我忙于研究自己几年前写的一本小说并进行删改。我的意思是，我就像弗雷迪·克鲁格一样，把写的东西大卸八块，弄得血肉横飞。我把一本十二万七千词的小说删到了两万词。

有一段奇怪的描述是，我的主人公在健康上出现了问题（实际上，工作过度使他的免疫系统出现了问题，但他以为是更严重的问题），他平躺在床上，等待死亡的到来。

然后他意识到，由于自己选择了这条路，他变成了这个星球上孤零零的一个人，在伦敦，没有人关心他是死是活。这一刻，虚弱、自怜和生存危机都推动着他，他决定一旦身体好转，就去与人互动，交朋友，熟悉网络。（他在金融行业，因此良好的人际关系非常重要。）长话短说，我把整本书翻了个遍，将这个场景的一半都删掉了，但是有些编辑说我应该全部删掉，但是这部分对我来说真的很重要。我觉得它充满力量，并不是那种需要忍痛删除的内容。我知道它很重要，所以我只是把它压缩了一些，放在那里。

然后就是这本书的排版，正好有四百页。

猜猜那个场景在哪儿？第二百〇二到二百〇三页。如果去掉前言和封面，它恰恰就在中间。

我承认，我大笑不止。

感谢你分享的写作建议。毫无疑问，这一次你真是让我受益匪浅。

我之所以分享这封信，是因为当我应用镜子时刻并从中间开始写作时，这位作家的反应也是我不断体验的经历。

这让我想到了凯文·科斯特纳。

前些时候，我妻子想看科斯特纳和吉恩·哈克曼主演的惊悚片《谍海军魂》(No Way Out)。我们有好多年没看了，所以我从网飞上买了 DVD，并将其放进了播放器里。

电影中途，有一个科斯特纳和哈克曼的关键场景。我暂停电影，看了看时间线：正好是电影的一半。

我对妻子说："凯文就要迎来他的镜子时刻了。"我不知道具体会发生什么或电影将怎样呈现，我只是觉得，镜子时刻就要到来了。

妻子看着我，就像《原野奇侠》(Shane) 中的杰克·帕兰斯看着艾伦·拉德，说："证明它。"

我重新开始放电影。接下来我们看到：凯文·科斯特纳直直地盯着镜子，非常愤怒。他刚收到了对他来说致命的消息。他被困在了一个"无路可逃"的境地里。

我暂停电影，微笑地看着我妻子。

她说："别太得意。"

如果你正在写小说中的这个场景，你会给我们呈现凯文·科斯特纳的内心想法。他正在想："这太严重了。我死定了。这里无路可逃……"这就是一种镜子时刻的比喻。

记住，另一种比喻是一种反思，比如，我是谁？我变成什么了？这真的是我吗？

电影《杯酒人生》(*Sideways*)中有一个这样的例子。那是关于迈尔斯和杰克这对好兄弟的故事，他们在杰克结婚前一起去玩高尔夫、喝酒。在电影中间，他们把约会对象带回了其中一个女孩的家里。迈尔斯对除酒之外的一切事情都感到不安和怀疑，在那里，玛雅做出了"亲我"的肢体暗示。

迈尔斯没有按照玛雅的信号行动，他说自己要用一下洗手间。他看着镜子，对自己说："你真是个××的废物。"

这才是电影真正的内容。迈尔斯可以从失败者转变为胜利者吗？或者至少成为一个愿意抓住生活与爱情机会的人？

我认为，镜子时刻能够最好地展现整本书的内容。在这一点上，其他技巧都比不了。而且，在原稿的开头、中间或结尾处，你都可以去思考这一点。不论是设计情节还是进一步发展故事，你都可以用到它。

➥ 关于镜子时刻的练习

1. 去查看你初稿的中间部分。有没有镜子时刻?

2. 如果没有,考虑一下什么是中间部分的核心问题。是角色对自己的认知,还是命运的阻碍使他很难存活?

3. 打开一个新文档,写下人物此刻的内心想法,至少二百五十个词。

4. 从这二百五十个词里挑出最好的部分放到初稿中,哪怕只有一行。

用次要角色增添趣味

诗人们说,变化的人生才趣味无穷!

作家们说,次要角色就是故事的趣味所在!

至少,如果作家想让故事出彩,他们就会利用次要角色。如果你也想要同样的效果,就必须花费大量时间让次要角色生动起来。

首先,我们必须回答以下问题:什么是次要角色?

答案很简单:主要角色以外的角色。

那么,什么是主要角色?

答案还是很简单:主要角色与故事息息相关,并且主动追求一个与故事相关的目标。也就是你的主人公和他的对手。

剩下的就是次要角色。我们能够发现两种次要角色：有些是主要角色的盟友或绊脚石，还有一些是用于推动故事发展的。让我们分别看一看。

盟友和绊脚石

故事的主角需要一些助力来完成目标。他需要好友、知己或某些领域的专家的帮助。主角也可能有恋人，能够刺激他采取行动。

这些就是盟友。

《星球大战》里的汉·索罗就是一个例子。他的存在是为了帮助卢克·天行者。因此，他是一个次要角色。但因为他在电影中占有很多戏份，所以他可以轻松地变成另一个故事里的主角。

绊脚石则相反，他们阻碍主角的前进，他们可以是恶棍的盟友，也可能仅仅是让主角的目标更难以实现的某个人。在《星球大战》三部曲中，赫特人贾巴就是主要的绊脚石，尽管他是次要角色。

你可以看到，盟友和绊脚石也可以承担大任务。他们总是出现在不止一个场景中。因此，把他们塑造得让人难以忘记是很重要的。

齿轮和螺丝钉

有些角色对于推动故事发展非常重要。根据需要，他们或简单或复杂。比如，宾馆的门童就很简单。他在那里是因为主角必须走进宾馆。门童履行自己的职责，就这么简单。

那么一个絮絮叨叨的出租车司机呢？主角正心急如焚地赶往城市的另一边，要去阻止核爆，而出租车司机却想悠闲地开车、聊天，谈论牙买加雪橇队。这个角色显然比其他次要角色的任务要重，因此，读者也会期待他拥有更多的性格特征。

所有角色都是这样。他们存在于故事线上，一方面很简单，另一方面又很复杂。他们出现在哪里取决于他们在故事中扮演什么角色。

给他们生命

不论次要角色是谁，通过让每一个角色个性化，你就可以为故事增添愉悦感和趣味（以及一切美好的东西）。

该如何去做？

给每个人物贴标签。

标签就是一个角色的行为或话语，其他角色（和读者）可以看到这些。标签让一个角色区别于其他角色。

标签包括说话的方式、穿衣风格、外在特征、行为举止、怪癖等。这些使角色各不相同。并且，因为标签几乎是无穷无尽的，所以你可以让每个角色都独一无二。

就像人生一样。

标签能让你避免犯下作家在创造人物时的最大错误——创造刻板的人物形象。你知道我的意思：壮汉卡车司机、态度强硬的服务员、叼着烟的纽约出租车司机、胆小害羞的会计。我可以举出很多例子。

不要选择轻松的路。你可以在各处改动标签，甚至改成相反的极端，然后每次都写出崭新的角色。

你也可以通过赋予次要角色某个特点，给故事增添不同的氛围。最常见的例子是增添喜剧色彩。在《星球大战》中，看到 C-3PO 和 R2-D2 并不是那些刻板的、说话单调的机器人形象，而是令人发笑的独特形象时，我们很高兴。C-3PO 是一个吹毛求疵的仆人；R2-D2 是 C-3PO 的老朋友，总是爱尖叫。他们缓解了故事的紧张气氛，让故事更丰富。

所以，每当需要设计次要角色时，你要问自己：

他在故事中的目的是什么？
我可以给他什么标签？
我怎样让每个标签与众不同、令人难忘？

让我们回到门童。即使是这样一个微不足道的角色，也可以不只是剪影。或许他吹着口哨,像一个弦乐团的指挥。或许他根本就不是"他"——而是一位女门童,并且当主角走过时,她对他抛了个媚眼。

不论门童是谁,如果你花一些时间来仔细考虑不同的可能性,他或她都会很高兴。

你的读者也会很高兴。

➽ 关于次要角色的练习

1. 写出次要角色的名单。

2. 在每个名字后面,写下让他们与众不同的特征。如果没有,就编一些。

3. 选出一种其他角色都很熟悉的说话方式和行动方式。

4. 将这些改变加入原稿中。

用内心冲突为角色升温

在我的《冲突与悬念》(Conflict & Suspense)一书的第九章中,我讨论了内心冲突。定义如下:

> 将这种内心冲突想成角色心中两方观点的碰撞。就

像是卡通片里,一个小天使和一个小恶魔分别坐在人物的肩膀上,互相竞争。然而,为了让内心冲突发挥作用,每一方都必须带有一些严肃性。

重读这段话的时候,我笑了;在此我必须做出解释。

前一段时间,我在明尼阿波利斯市参加每年一度的故事大师会。四天时间里,我和唐纳德·马斯、克里斯托弗·沃格勒等一屋子的作家在一起,深入研究我们热爱的东西。

我每年都很喜欢故事大师会。不仅仅是因为我可以和唐纳德、克里斯托弗以及一群斗志昂扬的小说家在一起,还因为每年我都会收获有价值的写作信息。

那一年,克里斯托弗讲述"主角之旅"时,提到了我们如何去感知故事,这一点让我印象深刻。他解释说,这些年作为工作室的读者,他渐渐体会到这一点。他注意到,强烈的情感总是会引起身体上的反应,会冲击到身体部位。不同的情感冲击不同的部位。

他把这个发现和点穴联系起来。某些情感会立即催生身体里的分泌物。克里斯托弗意识到,最好的稿件、那些将他击倒的稀有稿件总是能触动不止一个身体部位。

克里斯托弗眼里闪着一丝幽默,对在座的学生们介绍他称之为"沃格勒法则"的东西:

如果不能让两个以上的身体器官分泌体液，那你的故事就不够好。

这赢得了大家的笑声。所以我前面提到的严肃性是恰当的。

克里斯托弗接着讲下去，而我还在进一步思考这个观点。他说的是，当我们的"体液中心"被激活时，我们就不是理性的。因此，一股强烈的内心冲突应该产生于角色的理性思维被情感（即体液）冲撞的时候。

多么符合人性啊！想想旅行推销员。他有深爱的妻子和孩子们。但是在威奇托的酒吧里，他看到了一位服务生。她那淫荡的走姿和劳伦·白考尔式的声音激发了他内心的动物冲动。他的内心经历着冲突，这使他想起家里的一切，然而他的身体却并不管他在想什么。

或者，一个极具责任感的警长怎么样？责任感根植于他的头脑中。在整个职业生涯中，他都按照自己的思维方式行动，履行职责。然而，当杀手前来找他，而他又没有足够的警力来阻止杀手时，他的身体表现出恐惧——害怕死亡，害怕离开新婚妻子，害怕成为懦夫。这就是贯穿《正午》这部电影的内部冲突——头脑和身体的冲突。

我想起了雅各，在《奥赛罗》中他说出了最好的台词。雅各对罗德里戈说：

要是在我们的生命之中，理智和情欲不能保持平衡，我们血肉的邪心就会引导我们到一个荒唐的结局；可是我们有的是理智，可以冲淡我们汹涌的激情、肉体的刺激和奔放的淫欲。

莎士比亚所描绘的正是理智（头脑）和身体"汹涌的激情"之间的冲突。

这样去思考内心冲突是一个极好的方法，因为你可以在小说中的任何时刻制造这种紧张感。让某物给角色带来强烈的情感冲击，然后让这个冲击与他深信不疑的事情产生冲突。

因此，关于内心冲突，我提出了"沃格勒法则的贝尔推论"：

角色的头脑中至少要有一种热烈的体液在奔腾！

在这里，你可以赋予你的小说极大的阅读潜力。我们创造人物不是因为他们身上发生了某事，而是因为他们内心经历了什么。让人物真实起来，让人物内心充满激荡不安的冲突。

↘ 关于内心冲突的练习

1. 在你的故事中选择任何一个场景，找出角色感受到的核心情感。

2. 这一核心情感的对立面是什么？写一个段落，让角色只需要感受到这份对立的情感。

3. 将这一对立情感合理化。是什么让角色有这样的感受？他的背景经历对此有什么影响？如果你不知道是什么，那就要创造出来。

4. 将这一情感加到原来的场景中。

第四章　写你自己的故事

想写出一个畅销的故事？那就先要有严谨的结构和对技艺的深刻理解。但你还需要一些帮助——作家在写出杰出故事的途中，经常会遇到很多路障。让我们清除一些路障吧。

故事与结构交相呼应

前些时候，在我的博客 Kill Zone 上，一位作家谈到了他遇到的一个主要障碍：

> 最大的挑战……在于写作前的构思和列提纲的时间有限。你如何一面承受着截稿日的压力，一面写出严谨、优秀的故事大纲呢？我害怕写出糟糕的大纲，这种恐惧已经取代了我对写出糟糕故事的恐惧。

下面是我的回答的一部分：

你提出了一个很好的问题。我认为这归根结底是关于恐惧的问题。

要找到故事，还有一个更简单、更好的方法：在写作之前先玩耍。在结构要点组成的单杠上玩耍。这样会让你更有创造力，因为你并不是在写草稿。这样也更有效率。

试着这样做：创建一个自由文件，就头脑中冒出的故事进行提问。写下诸如这样的问题：

你写的是谁的故事？
你为什么对这些角色感兴趣？
你想到了什么样的场景？
这些场景说明了什么？

写半个小时或更长时间。然后，将它放到一边，第二天再来看。第二天，提出更多的问题。燃烧吧。

连续做五天，然后你就会收获情节的土壤，其中蕴含着宝藏。

你也可以在实际写作中玩这样的游戏。但是这个游戏必须让读者能够看懂。

这是两全其美的办法。有自由，有核心，同时还能减少出错。所谓"两全其美"，是指既能发挥随性写作的趣味性和创造力，又能兼顾全书的结构之美，而这一切都指向最重要的人——读者！

如果你想卖出书，而不仅仅是自我感觉良好，那么你需要的就不单是自由或提纲。

你需要指导，需要地图，需要蓝图——灵活自由的，而不是冷酷严苛的那种。

故事喜欢结构，因为结构将故事转化成一种能与读者建立联系的形式……那些卖得出去的故事就是这样。

不要把结构和大纲混淆，这会让随性写作的人冒冷汗。这是一个常见的错误。任何类型的作家都可以充分利用结构，即使你是那种凭直觉写作的人。注重结构并不等同于写四十页密密麻麻的故事大纲。这很正常。你可以去问问詹姆斯·帕特森或过去的许多优秀作家。

当谈到结构时，我指的是一种讲故事的模式，它似乎在我们心中根深蒂固。这要么是人类的本性使然，要么是源自几千年来讲述神话和故事的方式。

简单来说，结构就是开头、中间和结尾。这就是三幕结构。开头是一本小说的前百分之二十左右，结尾是最后百分之二十五。中间是第二幕，主要情节在此展开。

大纲并不是必需的。对任何类型的作家来说，结构都是一件好事，原因就在于"路标场景"。"路标场景"是结构严谨的故事中的主要场景，你在写作过程中可以朝着那些场景前进。如果你了解结构，那么你就可以预料到前面需要写出怎样的场景。至于怎样写到那里，你可以自由决定。

我会教给学生们一些路标，比如，"开场干扰"和"第一扇不归之门"。"开场干扰"是指故事的开头。"第一扇不归之门"是指让主角进入第二幕的考验的场景。

当你写第一个场景的时候，你就知道下一个路标是"不归之门"。然后，你有充足的空间来构思如何发展到那里。

二〇一五年，长期担任《花花公子》(*Playboy*) 文学编辑的艾丽斯·K.特纳完成了最后一份书评，此时她已经七十五岁了。《纽约时报》的讣告中谈到了这二十多年来，她一直是文学小说的捍卫者，为之赢得了一定程度的体面。她确实是这么做的，出版了一些当下最好的作家的作品，也发掘了写作新秀。

她说到自己喜欢结构严谨的情节，我很喜欢这一点。她说："如果你足够优秀，像毕加索那样，那么你可以随便安置人物的鼻子或胸部。但首先，你要知道它们属于哪里。"

我来告诉你展示和讲述的区别

如果对小说家来说，有什么无懈可击的建议，那就是"要展示，不要讲述"。然而，刚开始写作的人普遍对这一点有疑问。如果你想让自己的小说在读者的心中有一席之地，那就需要掌握展示和讲述之间的区别。

两者的区别很简单。展示就像是观看电影中的场景，你看到的就是银幕上呈现的内容，角色的行为和话语揭示了他们的身份和感受。

然而，讲述仅仅是解释发生了什么事，或者解释角色内心的感受，就像你正在给朋友复述电影内容。

讲述的另一个说法是叙述性总结。在此过程中，你作为讲述者或作家，告诉我们发生了什么。

还记得《侏罗纪公园》（Jurassic Park）里的那个场景吗？新来的人第一次看到了恐龙。他们目瞪口呆，看着眼前这不可思议的动物，观众也看到了这一切。

我们需要了解的情感都写在了人物脸上。我们并没有听到他们头脑中的声音，而是仅仅通过观看就可以知道他们的感受。

在小说中，你可能会这样描述："马克睁大了眼睛，下巴都要掉了。他试着呼吸，但根本做不到……"读者可以感受到人物的情感。

这样写比下面这样的讲述要好得多："马克呆住了，受到了惊吓。"

有史以来最好的"展示式"小说之一，就是达希尔·哈米特所写的经典侦探小说《马耳他之鹰》(The Maltese Falcon)。哈米特凭此书开创了一种全新的写作风格：冷硬派。这种风格的标志是，发生的每一件事都好像是在电影银幕上呈现给我们的（这本书被成功改编成电影，这也是原因之一）。

在一个场景中，主角萨姆·斯佩德必须安慰其伙伴迈尔斯·阿彻的遗孀——阿彻刚被枪打死。这个女人闯入斯佩德的办公室，闯入他的怀中。斯佩德对她的哭声不耐烦了，因为他知道这十有八九是假哭。

现在，哈米特本可以写下这样的句子："这个女人哭泣着，放任自己闯入斯佩德的怀中。他讨厌她的哭声。他讨厌她。他想要离开这里。"

这就是讲述。但是，让我们看看大师哈米特是怎么写的：

"你通知迈尔斯的弟弟了吗？"他问道。

"通知了，他今天早上来过了。"这些话由于她的啜泣以及紧贴在她嘴边的大衣而变得模糊。

他又露出了痛苦的表情，侧着脑袋偷偷看了眼腕上的手表。他用左臂搂着她，手搭在她的左肩上。他必须把胳膊伸得很远才能让手表露出来。手表显示，现在是十点十分。

看出来这多么有效了吗？我们看到斯佩德去瞥他的手表，这就告诉我们，这个女人的虚情假意他根本不买账。这种方法能够更有力地打动我们。

过多的讲述就是偷懒

下面这个用讲述偷懒的例子，来自某位畅销书作者。它出现在书里的第二段：

> 她关心他人，热爱生活，认真对待每一件工作，永远站在自己珍视的人的身边，她是一个艺术家，总是让朋友们感到惊奇，她美丽而不自知，和她在一起很有趣。

这一段主要有两个问题。

首先，它纯粹是讲述，并不能塑造人物或推动故事的发展。为什么不能呢？因为作为读者的我们，必须要理所当然地接受作者的话，作者并没有努力去将行动中的人物呈现出来。

其次，它只是一堆阐述。这个段落没有主要信息的纹理。（当你看一块上等的肋眼牛排时，你会看到肥瘦相间的纹理！）作者只是一下子给出了所有信息，因此除了显得无聊，没有别的作用。

但是你不能展示所有事情

　　一本想要展示每件事情的小说，最终会长达一千页，甚至更多，而其中大部分内容都很无聊。因此规则是：越是紧张的时刻，你越需要多展示。

　　现在让我们来谈谈阐述，它是读者想要了解故事或角色必须知道的解释性信息。将下面这句话记住，作为指导原则：

　　　　读者只有在"必须知道"的基础上才会接受阐述！

　　因此，你需要做的第一件事，就是删掉不必要的阐述。所谓必要，是指那些能够强化人物形象或解释情节点的信息。

　　还有一条建议：在小说前百分之十的部分里，尽可能把阐述向后延。如果你可以就此创造一个谜题，那会更好。你要明白，读者只要钻入一个严谨的情节设计中，就可以长时间等待答案。

　　等到实际上写阐述的时候，你可能会写成叙述形式。

　　　　玛莎知道，在这场失败的手术之后，特德已经失去了他的地位。很明显,特德想要利用她来重新获得地位。

但是,你有两个更好的选择。

对话

阐述可以通过对话来实现 —— 只要它听起来像是两个人的对话就行。而不是这样:

"我知道你想要的是什么,我的前任家庭医生。"
"但是玛莎,我们认识有十年了,你记得吗?在你认识鲍勃,那位去年与你离婚的律师之前,我们就认识了。"

对话要有对抗性。最好要有争论。

"出去,特德。"
"你听我说完。"
"我不想听任何一个字 ——"
"这不是我的错!"
"就因为你能力不足,一个女孩死了!"
"董事会调查组从来没认定我有罪。"
"但是你不能再从事医学方面的工作了,不是吗?"
"我可以,如果能搞到介绍信,如果 ——"

"别想从我这里拿到。"

内心对话

另一种方式是通过内心想法来阐述,这时需要借助角色的声音来完成。

"出去,特德。"
"你听我说完。"
我不需要听你讲那失败的手术。我不需要听那个女孩死去的消息。

▶ 关于展示、讲述和阐述的练习

1. 在你的小说中,找出三个叙述性阐述的场景。
2. 试着把它们转化成冲突性对话。注意:不一定要是暴力的争论,只需要两个人处于紧张状态。
3. 现在,试着将阐述转化成角色的想法。
4. 修改,微调。

如何处理阐述和背景故事

再没有比大段的阐述和背景故事更能拖慢小说进度的

东西了。阐述是作者用来解释情景的句子；背景故事是指发生在过去，但出于作者的考虑被放到现在来讲述的故事。当这样的内容出现在场景中间时，会让故事的进度变慢，就像试图通过沥青坑逃离饥饿野人的乳齿象。

现在，让我说清楚，不是所有的阐述和背景故事都不好。事实上，处理得当的话，它们对于将读者和角色连接起来非常有帮助。但如果只是一股脑儿把它们倾倒在那里，并且作者心中没有计划，那它们就会变成一摊热乎乎的黏着物，让故事停滞。

下面是关于如何处理阐述和背景故事的建议，尤其针对故事的开头。

第一，问自己它是否是必要的。通常情况下，作者脑子里装了所有的故事信息，就会觉得读者也需要知道大部分信息才能理解故事。不是的！读者通过角色面临的挑战、冲突、改变或困难而理解故事。如果你提供了这些，那么在前因后果揭晓前，读者愿意长时间地等待。

第二，将大部分的阐述和背景故事放在对话中。对话是你最好的朋友。确保对话中有紧张感或冲突，哪怕只是一个角色感到恐惧或不安这样简单的事。争论对阐述和背景故事来说尤其有用。最近我看了伍迪·艾伦的电影《蓝色茉莉》(*Blue Jasmine*)，有一个场景我非常赞同。那是电影早期的一个场景，奥吉（安德鲁·戴斯·克莱饰演）和他的前妻然热（萨莉·霍金斯饰演）正在吵架，吵架的内容关乎然热的姐姐。她称自己为茉莉。在吵架中，很多背景信息浮出水面：

"为什么这么匆忙，然热？你有约会吗？"

"跟你无关。和珍妮特有关，所以……"

"珍妮特？"

"茉莉。"

"她来这里干什么？"

"在她恢复之前，她要和我住在一起。她这一段时间过得很难。"

"她有钱的时候，不想和你有任何关系。现在她破产了，就搬来了。"

"她不仅仅是破产了。她什么都搞砸了。而且这和你没有一分钱关系。她是我的家人。"

"她偷了我们的钱。"

"好吧！"

"你明白吗？我们本来可以安家的。那是我们人生中全部的机会。"

"我再说最后一遍，奥吉，是他偷的，不是她，好吗？她懂什么金融啊？"

"不要在这里对我说这些。她嫁给了那个家伙那么多年，很了解那个人房地产造假和银行诈骗的问题。她什么都不知道？相信我，然热，她知道的。"

第三，先有行动，然后解释。把这个真理印在你作家的脑袋里。或者把它写下来，贴在你可以看见的地方。这个建议永远不会出错。

让我们看一看罗伯特·B. 帕克的杰西·斯通系列小说《天堂里的陌生人》(*Stranger in Paradise*)的开头：

> 莫莉·克兰把头探进杰西办公室门口。
> "有人来见你。"她说，"他说自己叫威尔逊·克罗马蒂。"
> 杰西抬起头。他的目光碰上了莫莉的目光。他们俩都没说话。然后杰西站起来。他的枪在身后文件柜里的皮套里。他从皮套里把枪拿出来，坐下，把手枪放在右手边第一个抽屉里，并让抽屉开着。
> "让他进来。"杰西说。

我们会发现，杰西·斯通很了解这位克罗马蒂。他被称为"乌鸦"，是原住民职业杀手。在杰西和乌鸦之间有很多背景故事，但是帕克什么都没有提及。

相反，帕克所做的是展示杰西如何准备好手枪。这很有趣。毕竟，他对这个男人有所了解，知道自己需要准备好枪。先有行动，再有解释。接下来：

> 莫莉出去了，片刻之后和这个男人一起回来了。
> 杰西点点头。
> "乌鸦。"他说。
> "杰西·斯通。"乌鸦说。
> 杰西指了指座椅。乌鸦坐下了。他看着文件柜。
> "空了的皮套。"他说。
> "手枪在我抽屉里。"杰西说。
> "抽屉开着呢。"乌鸦说。
> "当然了。"

现在，我们知道，乌鸦是个会细心观察的人，尤其是涉及枪的时候。这是什么样的人呢？我们不知道，帕克没有告诉我们。我们只知道，这个家伙大概很危险。这不是友好的闲聊。空气中充满潜在的麻烦。

半页之后，我们看到：

> "上次我见到你时，你正拿着巨款，乘着游艇飞速逃跑。"杰西说。
> "那是很久以前了，"乌鸦说，"久到超过诉讼时效了。"

"我得查一下。"杰西说。

"我查了,"乌鸦说,"是十年。"

"对于谋杀犯可不是这样。"杰西说。

"你没有任何证据能证明我和谋杀有关系。"

现在我们得到了背景故事,但是看看它出现在哪儿?在对话中!帕克在小说中几乎都是用这种方式来传达重要信息。

当然,帕克的写作风格极其简洁、直接。但是他遵守的原则对你同样适用。

你也可以选择用叙述的方式来交代背景信息。如果你这样做,我要告诉你一条经验法则。(不是不可打破的规则!)在前十页,你可以用三句话来介绍背景故事,三个句子可以放在一起,也可以分散开;在下一个十页,你可以用三个段落来介绍背景故事,同样,可以放在一起,也可以分散开。这个规则我在前面提过,并且已对很多学生说过,取得了不错的成果。但如果你想用对话来介绍背景故事或阐述,那么你可以自由裁定。只是,你要确定,对话必须是角色的确会说的话,不是为了介绍信息而写的自作聪明的对话。

写作教师强调尖锐、有趣的开头是有道理的。因为开头就是编辑、代理人和读者最先看到的地方。我们不想把

他们扔在沥青坑里 —— 我们希望他们继续读下去！

上面这些技巧能够帮你避免这种困境。

▶ 关于阐述和背景故事的练习

1. 检查你的前五千个词，标出所有的阐述和背景故事。

2. 将它们剪切下来，放到另一个文档里。

3. 查看编辑过的文字，问自己它们是否有必要出现在开头页。决定什么是读者必须知道的，而不是你觉得他们应该知道的。做决定时必须冷酷。

4. 将必要信息改成下面这样：

在前两千五百个词中可以有三个句子，要么放在一起，要么分散开。

接下来的两千五百个词中可以放入三个段落，要么放在一起，要么分散开。

影子故事的力量

有一次，在一个研讨会上，一位新手作者找到我。她说，她有一个很好的立意，并且已经借助我的书籍设计了情节大纲。她现在写了三万个词，感到很害怕，那感觉就像坐在一个小木筏上望向大海。在第二幕中有很长的路要走，但是她现在不确定自己有足够的素材可以支撑。

"啊，"我像个吸脂医生那样说，"下沉的中间部分。不要担心。我来帮你！"

我们坐下来，讨论了一些路标场景，她对那些完全理解。但很明显，她需要在计划中加入更多的"故事素材"。

所以我建议她写影子故事。许多作家完全忽视了这一部分，然而它是最有力量的情节技巧之一。如果你只在灯光下跳舞，有些地方你是无法发现的，而影子可以把你带到那里。

简单来说，影子故事就是发生在故事场景之外的事。那是"画外"的其他角色正在做的事。通过考虑这些影子故事，即使只是一点点，也会极大地扩充你的情节材料。

如何成功写出影子故事，下面是一些方法：

从反派角色开始

最重要的影子就是反派角色。有人曾经说，一个好情节就是两条狗争一根骨头。所以，当你的主角正在某个场景中嚼骨头时，反派角色（画外）正在计划来抢骨头，或者密谋杀死主角，或者正在干扰那些帮助主角的人。

以上内容也可能过度使用了犬类的比喻。

通过深入身在别处的反派角色的大脑，你会想出各种各样丰富情节的办法。这个过程几乎是自动的。新鲜的场景、秘密、阻碍——甚至是新角色——都会从你作家的脑袋中产生。第二幕的问题将开始溶解。

以同样的方法对待配角

配角——主要的和次要的——都有他们的生活、计划和动机。在这里，你可以发现情节转折的素材，每个读者都喜欢情节转折。比如，一个看上去是盟友的人变成了叛徒，或者一个敌人变成了朋友。为什么会发生那样的事？让他们的影子故事告诉你。

主角内心的影子

你也可以深入探究主角的影子和秘密。或许你已经在提供背景故事或解答主角的人生核心问题（教育、希望、恐惧、失恋等）时，做到了这一点。

但在写作的中途，你应该时不时地停下来去想想，主角内心发生了什么，哪怕主角本人也不知道。试试我说的"反向练习"：在一个场景中，主角有某个特别想要或需要的东西。（如果没有，你需要找出一个或把那个场景删掉。）现在，停下来问自己：如果你的主角想要完全相反的东西怎么办？那会是什么？写出一些可能的答案。从中选出一个。问自己：主角为什么想要这个？这个和主角的理性冲突吗?

然后,想办法在一些场景中体现主角内心的影子。

或者想象在那个场景中主角正在做一些与读者的期待,更重要的是与你的期待相反的事。是什么样的影子(秘密)让主角那样做的?

通过问这些问题,你的主角的形象会更深刻,并且给情节增加有趣的波折。

这就是影子故事的力量。

实用工具

在工作过程中,有两个极好的方法可以记录影子故事素材。

一个是写作软件 Scrivener。我知道有些人对这个软件花里胡哨的样子感到害怕。我的建议是,一开始用它来写一些简单的东西(在软木板上记录场景、角色塑造等),并学习使用其他工具,只要是你想学的就行。Scrivener 价格合理,不管用来做什么都很划算。

在软件的检视器面板上,有一个地方是"文档笔记"。你可以随意在左边写下关于场景的想法。这非常适合影子故事。你可以根据自己的喜好简写或详写。

另一个方法是使用微软文档里的批注功能。加入一条批注,把影子故事放在里面。

记住，所有好素材都在影子故事里。找到它，研究它，然后回到灯光下，完成你的小说。

在小说中制造冲突的关键

我最喜欢的一部电影是《十二怒汉》(*12 Angry Men*)，那是一九五七年的电影，由西德尼·吕美特执导，编剧是雷金纳德·罗斯（这部电影就是改编自他的戏剧作品）。情节简单至极：十二个陪审员就一桩重要的谋杀案进行商讨。除了简短的开场白，整个故事都发生在陪审团休息室里。

起初，判决似乎都定了。经过前面的所有讨论，大家认定这个被告有罪。（他是贫民窟的孩子，被指控刺杀了自己的父亲。）其中一个陪审员（杰克·瓦尔登饰演）买了球赛的票，想要尽快离开休息室。其他人也觉得花时间来讨论没有什么意义。

最初他们进行了一次投票，只有八号陪审员（亨利·方达饰演）选择"无罪"，其他人都发出抱怨。

然后，在接下来的一个半小时里，我们坐着看他们审议。

这个电影违背了所有当下流行的、后现代的、多动症风格的传统。没有快速切换的镜头，没有爆炸或压倒性的音乐。电影里全是谈话。它甚至是黑白的，我的天哪！

但是，不论我何时从电视上看到它，不论哪个片段，只要一开始看，我就必须把它看完。

为什么？因为角色间的冲突有魔力。编剧罗斯所做的，就是把十二个性格迥异的角色放在一起，让他们参与一个从本质上来说极具争议性的问题，并且每个人都有自己的背景、包袱、个性。

这里隐藏着未被发掘的创造冲突的秘密：和谐的编排。这意味着，你塑造的角色应该能和其他每个角色发生冲突。

比如，在《十二怒汉》中，有一位麦迪逊大道的广告员（罗伯特·韦伯饰演）。他总会说一些陈词滥调，提的建议就像是在办公室头脑风暴会议中提出的那些。他说："让我们高举旗帜，看是否有人敬礼。"他人很亲切，很爱笑。但是他从来不能做出最后判决，总是犹豫不决。最后，另一个陪审员（李·J.科布饰演）不耐烦了，说："那个穿着灰色法兰绒套装的孩子就像一个被打来打去的乒乓球！"

还有一位胆小如鼠的银行职员（约翰·菲德勒饰演），他总是不自觉地讽刺狂暴的销售员（瓦尔登）。还有一个冷酷的、理性至上的股票经纪人（E.G.马歇尔饰演），他傲慢地无视所有的合理质疑，最后被方达逼到了角落里。还有一个在贫民窟长大的年轻人（杰克·克卢格曼饰演），有一次他转向 E.G.马歇尔，问他："请问，你不会流汗吗？"

"不，我不会。"马歇尔说。这两个人之间已经没有什么可以交流的余地了，但是罗斯精湛的编排技术让人无法忘记这句话。罗斯了解所有角色的个性和怪癖。

还有一个顽固的人（埃德·贝格利饰演），在一个令人难忘的时刻，他疏远了在场的所有人。

但是，主要的冲突最后落在科布和方达之间。这是整部电影的核心。科布想要判定这个孩子有罪（其原因在故事最后交代得很清楚）。方达想要按照宪法公平地对待这个孩子——宪法要求在合理质疑的基础上给出证明。

这里涉及另一个制造冲突的经验：赌注。它们必须很大。事实上，我认为死亡必须是一个赌注。注意，不仅仅是身体上的死亡，还有职业上的和心理上的死亡。除非你的主角正面临这些问题，否则故事就不够扣人心弦。

在《十二怒汉》中，孩子面临着生理死亡，但更重要的是，每位陪审员都面临着心理死亡。毕竟，他们有可能让一个无辜的人被判死刑。另外，他们每个人心中都有需要面对的包袱，比如，老男人（约瑟夫·斯威尼饰演）的家庭不在乎他，而新入籍的市民（乔治·沃斯科维奇饰演）想要在美国有所作为。

对冲突进行编排在任何类型的作品中都至关重要，包括喜剧，尤其是喜剧。想想电影《城市乡巴佬》（*City Slickers*）。你有三个朋友，他们从城市里赶着牛向西去。他们性格迥异：一个是爱开玩笑的人，一个是硬汉，一个是沉默寡言的人。然后他们与另一个独具特色的人取得了联系——屈尔莱,一个特别死板的人。喜剧感自然而然地从不同个性之间的冲突中流露出来。

所以,当你准备好了写作时,你最好列一个表格,把所有重要角色都写下来。然后找出角色之间的冲突点。

我的作家朋友们,制造麻烦是你们的工作。去写吧。

制造冲突的练习

1. 检查你的初稿的每个场景。
2. 问自己:哪些角色间发生了冲突?为什么?
3. 将冲突的程度提高百分之十。加入更多的激情和情感。

用一个简单的练习为小说增压

十一月,美国各地的作家都参与到"全国小说写作月"中,目标是在一个月内写出一部有五万个词的小说(平均每天一千六百六十七个词)。它像一道闪电,表达了人们对于写作的共同热爱。就像后面有人踢你屁股,逼着你写出作品,而不是坐在星巴克里整天空谈如何写小说。

我喜欢"全国小说写作月"的氛围。这些年来,我发明了一些快速练习的方法,能够帮助那些在键盘上踌躇的作家们——即使他们没有参加写作月活动。

其中一个练习能避免写出与情节不相关的场景,这也是小说月竞赛中的一个巨大挑战。

我把这项练习称为"因为……"

它包括两部分。第一,把基本情节浓缩到一句话里;第二,加上"因为……"从句来解释利害关系。

你的情节句应包括一个形容词、一个名词、一个动词从句(动作)。比如:

《飘》讲的是一位南方美女在南北战争期间必须通过战斗来挽救自己的家庭。

《虎胆龙威》讲的是一位纽约警察必须从一群冷酷的恐怖分子手里解救大楼里的人。

《卡萨布兰卡》讲的是一位在二战期间法国占领地区开美国餐厅的店主,他必须和纳粹分子、昔日情人以及腐败的警长展开较量。

每个情节都可以写成这种形式,重要的是你要了解自己的情节。

一旦有了情节句,你需要加上"因为……"句来解释利害关系。不要担心句子的形式;只需要在句子里加上主角必须胜利的原因。如果你愿意，也可以把它扩展成一个段落。这由你自己决定。

《飘》讲的是一位南方美女在南北战争期间必须通过战斗来挽救自己的家庭。因为如果她失去了家庭，她就必须依靠别人活着，而且永远不会成为一个有力量的或有钱的女人。

《虎胆龙威》讲的是一位纽约警察必须从一群冷酷的恐怖分子手里解救大楼里的人。因为如果他失败了，他的前妻就会和其他人质一起死去，而且从本质上来说他没能尽到警察的职责，也就是从坏人手里救人。

《卡萨布兰卡》讲的是一位在二战期间法国占领地区开美国餐厅的店主，他必须和纳粹分子、昔日情人以及腐败的警长展开较量。因为如果他失败了，为战争做出的努力就白费了（纳粹将会取得胜利），并且会破坏身边很多人的生活。如果他失败了，他也会成为一个不问世事的讨厌鬼，失去曾经的理想，只能一个人喝着闷酒直到死去。

相信我，这个小小的练习能给你带来巨大的好处。如果你在写作时感到迷茫了，只需要回头看看这个控制性前提，并为主角想出崭新的场景。然后，再决定在哪一个场景中，主人公将会采取行动去解决主要问题。

比如，我们已经开始写《卡萨布兰卡》了。我们写到了里克在餐馆里第一次见到伊尔莎的场景。这是多么好的场景啊！他们看着对方，里克心里爱恨交织，充满欲望与背叛之苦。然后呢？我们开始构思一些场景。接下来可以发生什么？

    里克用拳头击打伊尔莎的丈夫维克托·拉斯洛的脸，引发了一场打斗。

    里克将一杯饮料泼到伊尔莎的脸上，然后拉斯洛给了里克一拳。

    伊尔莎冲向黑夜，里克在后面追她。

    里克喝醉了，等着伊尔莎出现。

经过思考之后，我们决定选用最后一个。这个场景给我们提供了机会，让里克来回忆发生在巴黎的往事。然后伊尔莎进来了。我们想象着伊尔莎会跌入里克的怀中……不，冲突不够……如果她试图解释巴黎的事情，而里克却叫她"婊子"怎么样……哦，这样就对了，因为小说的预设已经告诉我们，故事的一部分就是：里克最终是否会变成讨人厌的家伙……

这样，你就可以运用这个练习来帮助你构思场景，打磨想法。

每个作家都该问的两个重大问题

你正在写最新一篇小说或短篇故事，然后你的写作戛然而止。你的故事深陷泥潭。你的角色停滞不前。你不知道接下来该写什么场景。

你叹口气，离开键盘，走向冰箱。你拿出昨晚的烘肉卷或用勺盛了一些冰激凌。或许你接着打开了电视，看了一会儿中医频道或无聊的谈话节目。在视觉媒体这个荒原上，它们通常在中午前后的时间段播放。

最后，你又走向键盘，并且……你仍不知道该写什么。你开始思考是不是故事本身有问题。如果这个小说有合同在身，你已经拿了预付款，而且截稿日迫在眉睫，那么你可能会觉得汗珠正顺着脖子向下流。

那么，你应该怎么做？我有一个建议，涉及写作的两个重大问题。

1. 赌注够大吗？

我一直在反复强调，故事的赌注必须是死亡。在本章的前面，我谈到了死亡。记住，有三种死亡：身体死亡、职业死亡和心理/精神死亡。小说的核心问题必须是三者之一，否则这本小说不可能成为优秀的作品。

例如，在一本法律惊悚小说中——那种关于审讯的故事——核心事件必须关乎律师的职业存亡。在《大审判》(*The Verdict*)中，保罗·纽曼是一名垫底律师（这不是多余的，谢谢）。他失去了所有自尊。他嗜酒成性。他的职业生涯就要完蛋了。

然后，他接到了这个案子。一家人找到了他，因为家庭中的一员因医院疏忽而变成了植物人。纽曼觉得，他可能很快就能解决这个问题，拿到钱，继续喝酒。但是他去医院看到了这个可怜的女人。突然间，他对此事关心起来。他意识到，他是这家人唯一的希望。面对巨大的挑战，他将这个案子推到了法庭上。

如果他失败了，作为一个律师，他就完蛋了。

这就是主人公必须有的情感。在浪漫小说中，死亡是心理上的。必须清晰地告诉读者，如果两个人不能在一起，他们的生活就永远完蛋了。他们将不再完整。

大多数文学作品或以人物为主的小说，都是这样的类型。例如，在珍妮特·菲奇的《白色夹竹桃》(*White Oleander*)中，故事的核心是，住进寄养院后的阿斯特丽德会成长为一个完整的人，还是会受到无法挽回的伤害？

所以，这就是你的第一个重大问题：故事的赌注是死亡吗？如果不是，返回到前面，修改赌注。

2. 如何变得更糟？

如果你陷在一本书里，那么问自己：接下来会有什么坏事发生？什么事会让角色的处境变得更糟？

在斯科特·史密斯的经典小说《绝地计划》(*A Simple Plan*)中，一个普通人卷入了一个私吞毒资的计划中，并且希望不被人发现。这本书具有说服力的原因在于，它就像一场慢镜头下的车祸。你不停地对自己说："不要那样做。请不要那样做。"然后，角色就去做了。他陷入更深的泥潭中，最后这泥潭仍将包围着他。

进行头脑风暴。列出可以发生的坏事，想出十个，然后问自己：最坏的事情是什么？

看着列表，选出最好的主意。然后按顺序排列从坏到更坏到最坏的事，它们就成了接下来的写作中可用的计划。

不论你是喜欢随性写作，还是喜欢先列大纲，这两个重大问题都可以帮助你突破写作的围墙，帮你走到墙的另一面，那里孕育着完整的小说。

怎样写第二幕

前些天我收到了一封邮件，下面是一些选段（使用已获得许可）：

这是一个小问题，但我想请教老师已经有一段时间了。我在其他结构布局中也发现了这个问题：为什么虽然第二幕至少占整个故事的一半（实际上，如果第一幕是百分之二十，第三幕是百分之二十五，那第二幕就占百分之五十五），但它却总是拥有相对较少的结构点？人们总在说，小说或剧本最难写的地方就是第二幕。是否因为它在结构上难以教学，所以是最难写的？

这是个绝妙的问题，很有见解。最长的部分占有最少的结构点，这个听起来的确有些违背直觉。

但是，事实上，情况就是这样。

首先，第二幕的内容是什么？主角与死亡的斗争。我已经多次谈到死亡的内涵，这是唯一能够增加赌注、吸引读者关注事情发展的方法。

第一幕为与死亡斗争做铺垫。要想让读者关心事情的发展，我们必须让读者和主角建立联系。我们必须展现日常生活的种种，并暗示麻烦的到来……然后，我们必须想办法逼迫主角跨过那道"不归之门"。为什么要逼迫他？因为除非不得已，没有人想和死亡作斗争（除非他是埃维尔·克尼维尔）。

这就是为什么第一幕有很多结构点。我们必须让情节有起伏，吸引读者。我们需要让读者关心角色。我们需要营造出山雨欲来之势，让读者明白个中利害。最后，我们需要一道"不归之门"来逼迫主角进入第二幕。

那么现在，主角进入了黑暗的森林。为了活下来，返回城堡，主角必须打败集结在面前的困难。如果你想要一个完美的说明，想想《饥饿游戏》。凯特尼斯·伊夫狄恩从日常世界中被带走，被扔进了与死亡的斗争中，那里充满了困难和敌人。

记住以下两点：

1. 为了实现目标，为了生存，为了最终打败对手，主角可以采取很多行动。

站在黑暗森林的边缘，主角可能向左走，向右走，走直线，跟随着一个声音走，远离声音走，可以爬树，可以制造武器，可以点火，可以与人结盟，可以击败一只怪兽——不论做什么，都由你这个作家来决定。

2. 每个接下来的行动，在某些方面，都是对刚发生之事做出的反应。

如果主角摔断了腿，那么在下一场景中就不可能奔跑。如果被爱慕对象抛弃，那么主角就不可能唱着快乐的歌。

你或许会发现，角色会拒绝做你安排的事。在一本小说中，我试图让一名妻子出走，去她妹妹家，但是她就是不那么做。我已经为她制订了出走计划，我也努力推着她走出门，但是都没用。因此，我必须调整情节，并且在这个例子中，角色的决定是对的！

简言之，更"开放"的第二幕让我们对逐渐成形的故事做出反应。

顺便说一句，不论你是喜欢列大纲，还是喜欢随性写作，这一点都是真的。

而且，你不需要那么多的路标，因为你的场景应该形成一个有机整体。第二幕主要关于主角的作战计划。我们知道战斗的目标是：战胜死亡！在《饥饿游戏》中是身体死亡；在《麦田里的守望者》(*The Catcher in the Rye*) 中是心理死亡；在《大审判》中是职业死亡。

因此，在第二幕中，主角通过行动来获得战斗据点并遭受挫折。然后呢？

她制订了一个崭新的计划，采取新的行动，从上一次行动中学到教训。

这样，你就获得了一个自然而然的、符合逻辑的"情节发动机"，它是清晰的、有说服力的。你不需要那么多路标来做到这一点。

赌注是死亡吗？

对手比主角厉害吗？

你的主角正在利用意志力前进吗？

主角是否有更容易的解决问题的方法？（如果有，想想如何打消那种可能性。）

然后，进行头脑风暴，想出这些问题的答案：

如何让主角的遭遇变得更糟？

主角身上可能发生的最坏的事是什么？

可以加入一个新角色，让情况更复杂吗？

"画外"的敌人正在做什么？当读者正在阅读当前场景时，"画外"的敌人正在采取什么行动？（问这样的问题，是个使情节复杂化的好方法。）

很快，你就会回到正轨，想出许多贯穿第二幕的有机场景和行动起伏。

然后，在某一时刻，你必须让主角经过另一道门槛，进入第三幕。那里将发生最后的战役。第三幕需要很多路标来指引你前进，因为你不能磨磨蹭蹭。你已经让主角穿过了瀑布，必须快速地让他获得安全。第三幕的路标之间空间较少，而这正是你需要的。

有道理吗？

我记得，艾萨克·阿西莫夫说过，他已经知道了小说的开头和结尾,然后在写作过程中编出中间的细节。

创造专属于你的无法解释的技巧

我叔叔布鲁斯在圣巴巴拉当了多年酒保。和大多数十八世纪初离开(或被赶出)爱尔兰的人一样,他很会聊天。他开始在酒吧表演近景魔术。他很受欢迎,没过多久就自称"百变布鲁斯,魔术师和社会化学家"。

我上高中的时候,布鲁斯叔叔教给了我很多技巧,因此我也开始玩魔术。在大学期间,那一直是我的消遣。我喜欢听观众近距离的欢呼声。观众就坐在离你一两米的地方,在他们的眼皮底下表演纸牌或硬币魔术、经典的杯子与球戏法,简直太棒了。

后来,我变得很优秀,能够在好莱坞著名的魔术城堡表演:不是在晚上为成人表演(那你需要非常非常优秀),而是在周日下午为孩子表演。

这项活动最好的地方在于,我可以在魔术城堡中闲逛,并且和当时最著名的一些魔术师坐在一起。相比于其他领域的名人,他们的名字并没有那么响亮,这简直是犯罪。但对了解魔术世界的人来说,查理·米勒和弗朗西斯·卡莱尔这样的名字就相当于作家心中的约翰·斯坦贝克和 F. 斯科特·菲茨杰拉德。

如果二十世纪中期最出名的作家是欧内斯特·海明威，那么魔术界对应的人物就是戴·弗农。

我见到弗农的时候，他已经大概八十岁了。他为人友善，但在魔术事业上绝不妥协。他不能忍受冒牌的魔术。有一次，他看见我为一些观众表演纸牌魔术（他随意地坐在一边，就像大多数魔术师一样）。一位震惊的观众问我："你是怎么做到的？"我说："很好。"

这是大多数近景魔术师时不时会用到的一句话。过了一会儿，我又给另一群人表演，又有人问我："你是怎么做到的？"我再次回答说："很好。"

戴·弗农对我厉声说道："不要一直用同样的内容！"他希望魔术师能够不断地提高，保持创新，不要懒惰。

我拥有戴·弗农的全部魔术书，并疯狂地学习它们。在其中一本书中，他提到了一个永远能让人们惊讶的技巧，他称之为"无法解释的技巧"。

这样命名的原因在于，根据情况的变化，每次他表演的方式也会改变。开始时，戴在一张纸上写下一张纸牌的名字，把它叠起来，放在桌子上。然后，他会让一名观众洗牌。

过一会儿，这名观众会选一张纸牌。观众选择纸牌的方式会发生变化，这要根据戴当时的指示而定。但是，观众所选的那张牌总是和戴写在纸上的一样。

一次又一次，这怎么可能呢？而且每次的表演方式都不同。然而，通过运用多年来积累的技法，戴做到了，他运用技法来掌控纸牌并根据观众的行为进行调整。

我可以告诉你那些技巧是什么，但之后我必须杀你灭口。那是魔术师的秘密，你懂的。

但这让我想到，一个技术娴熟的作家也是这样做的。运用他掌握的所有技巧，根据不同的情况制造不同效果，这些效果永不重复。每一本书都面临着自己的挑战。

当下，有些声称教人写作或启发作家的人，经常将"技巧"视为不堪入目的词。技巧会限制你，难道你看不到吗？它会限制你的创新能力、你的天赋、你那奇妙的未被驯化的自我——它们想要展示自己，想要闪闪发光！技巧是不可取的。

对一些作家来说（我认为他们只是少数群体），上述说法可能是不错的建议。但是对大多数作家来说，即那些想要写得更好并开始卖出作品的人，它是有害而无益的。

事实上，写作和美术一样，都是手艺活儿。那些"写着玩儿"的人，错就错在他们误解了写作的过程。

是的，当你构思立意，将角色或场景具象化，或者进行每日写作时，你有机会玩儿，有机会无视"规则"或"基础"。你可以变得疯狂。（我发现，这样的时候，一支钢笔和一张纸对我很有帮助。我会用大学生用的那种线圈笔记本，让我的笔在纸上乱画，画一些涂鸦、思维地图，整理想法和角色间的关联。）

但是，到了一定的时候，你必须盯紧自己的写作，拧紧螺丝钉。为了做到这一点，你必须知道如何发现弱点，如何修复它们。像一个水管工人那样，你必须了解你的工具，知道何时使用它们（相信我，水管工人的比喻是合适的，因为大多数的初稿都有待修整）。

这就是学习和了解技巧的方法。

我最珍贵的写作资产就是一本写满了笔记的大号笔记本。在写作的前十年，我写完了一本。自那之后，我会偶尔做一些添加。那里集合了我所学到的知识，我记录着，就像一个激动的科学家发现了新型的抗体或生发剂。当我在写作中遇到问题时，我可以浏览自己的笔记本，在五分钟内重获能量。

你也要这样做。学习技巧并做笔记。创造你自己的作家笔记本。随着时间的流逝，你会爱上这个本子，你的写作也会越来越好。

并且，当你修改时，你会爱上那些无法解释的技巧，因为你将给读者带来魔法。

↳ 关于技巧的练习

1. 写完初稿后，三周内不要看它。更久一点儿也可以。开始下一个写作计划。

2. 将初稿打印一份。一些作家使用电子阅读器或平板电脑，这样也可以。我喜欢纸质的，因为我可以快速地写点儿什么。

3. 尽你最大的努力，用读者的视角去读，就像你刚刚买来这本书似的。

4. 做一些笔记。不要做任何大改动，只需要在边缘处写下你的想法。

5. 当完成第一遍阅读后，问自己这些问题：

a. 有没有一些地方，是一个繁忙的编辑会删掉的？
b. 有没有任何扁平的、无趣的角色？
c. 所有主角的动机都清楚吗？
d. 最无力的三个场景是什么？为什么无力？找出问题。
e. 赌注足以维系整本书吗？

去学习那些可以解决这些问题的方法。记录你学到的技巧，添加在笔记本上。

第二部分

有意义的写作生涯

第五章　勇敢面对写作生涯

写作是一种生活方式。如果你立志成为一名作家，寻求你设想的成功，那么，你就要做好准备去学习，去行动。学会用作家的眼睛来观察。遇到任何事情，问一问自己，接下来会发生什么。学着体会别人的心情，这样你就能写出立体的人物。你要忠实于自己，同时也要拓宽眼界。你还要拥抱生活，因为只有那样你才能写出广阔又深邃的作品。

不要温和地开始写作

> 不要温和地走进那个良夜……要怒斥，怒斥光明的消逝。
>
> ——狄兰·托马斯

布雷特·法弗是橄榄球史上最出色的四分卫之一，

人们都以为他在四十岁的时候就会走下坡路。然而，二〇一〇年他迎来了对他来说最好的赛季，他差点儿带领维京人队杀入美国超级碗冠军赛。

在美国国家橄榄球联合会锦标赛中对抗新奥尔良圣徒队时，法弗遭到重创。他不停地摔倒，有时会被别人压在身下，对方体重加起来得有三百四十多斤。在后半场，他扭伤了左脚脚踝，一瘸一拐地走下场去，包扎好之后又返回比赛中。要不是队友的一些失误以及一次不合时宜的拦截，维京人本可以取得胜利。这给他的传奇人生又增添了振奋人心的一笔。

罗伯特·B.帕克在他的侦探系列小说中塑造了斯宾塞这个侦探形象。他是当下最多产的作家之一，于二〇一〇年去世，享年七十七岁。人们觉得他老了。一些评论家也认为他已经在走下坡路了，但是读者不那么认为。直到生命的最后时刻，帕克都在努力出书。除了斯宾塞系列，他还努力构建其他系列。其中，杰西警探系列借由汤姆·塞莱克的精彩表演成功登上荧屏。同时，他还写了一些独立小说和西部故事。

报道称，当他心脏病突发死在书桌前时，正在写新一本的斯宾塞系列故事，写了大概四十页。

对一个作家来说，这才是死亡的方式。

对一个作家来说，不再写作，就是死亡。

赫尔曼·沃克是美国最伟大的短篇小说作家之一，他在九十七岁时又签下了新的出版合同。对他来说，停止写作是不能想象的事情。所以，他从未停笔。

法弗、帕克和沃克都拒绝温和地走进那个良夜。要想写出好作品，你一定要在心中怒斥，怒斥光明的消逝——怒斥别人的拒绝、批评和绝望的深渊。

你必须是个有态度的人。

这种态度并不是傲慢。傲慢让人厌烦，很快就会逝去。而我说的态度是一种平静的批判。它有所坚持，一直存在。它想要在纸面上证明自己，而不是通过嘴巴。这种态度绝不会放弃。

在帕克写作生涯的后半段，因为追求数量而牺牲了质量，这是他和读者之间的一个遗憾。他写书，读者买书、享受阅读，有些人感到愉悦，有些人感到失望。但是帕克和读者之间的关系一直持续着，他一直在做自己热爱的事情。

如果你热爱写作，你就会找到从事写作的道路。没有人可以许诺你这条道路会在什么时机出现，也没有人保证你终将签订一份出版合同。但如果你没有一点儿愤怒，没将那愤怒转化为写作的决心并坚持写下去，你将永远无法踏上写作的道路。

我的祖父和我的母亲都想成为作家，所以他们坚持写作。我的祖父写历史小说并自费出版了一系列故事。我记得他为此感到骄傲，他的书也让全家人感到开心。

二战期间，当我母亲还在上大学的时候，她就在写广播稿。我有一整箱她写的稿子，都写得非常好。在我小时候，她在我们当地的一个小型报社工作。我记得，在我十二岁左右的时候，我发现了她写的一个短篇故事，是一个科幻故事，这个故事的结局出人意料。虽然她从来没有发表过这个故事，但是这至少影响了一个年轻的写作者——那就是我。

所以，我想说的是，不要温和地开始写作。如果你想写作，那就去写，把写作当成一件"要么写，要么死"的事情来看待。

如果你不动笔去写，你永远不知道你的写作会怎样发展。动手去写，就是活着的最好方式。至少它可以让你确信自己还活着。你不必像那些四处游荡的人一样——就像比尔·默里在《一千个小丑》(*A Thousand Clowns*)里说的，他们睁大眼睛只是为了假装没有沉睡。

保有一丝愤怒，注入你的热情，去写吧！

除了你自己，没有人可以阻止你。

不要挡住自己的路。

勇敢地写，勇敢地活

大概从二〇〇九年开始，传统出版社中的所谓非重点书迅速衰亡，比塞伦盖蒂草原上的泥坑干涸得都要快。那些入不敷出的作家们，其白骨无处安放，随意散落。在那烤焦了的土地上，在那烧焦了的腿骨旁，有一条用手划拉出的信息，那是来自饥渴的作家的最后呼唤：救命啊！我的销量差死了！

我已从许多朋友和同事那里听说了传统作家的境况。那些作家已经和出版社建立了十几年的合作关系，但是现在他们的作品销量大幅走低，有些甚至没法再签订出版合同。

之后会怎么样呢？持续没落的出版行业遭遇了什么？

我们可以从两位作家那里找到答案。第一个是艾琳·古吉，她是《纽约时报》的畅销书作者。在二十世纪九十年代，她的写作事业一路上升并嫁给了著名代理人阿尔·朱克曼。我也是通过朱克曼知道她的。朱克曼写了一本很好的书，介绍那些大获成功的作品。在书中他推荐读者去读古吉的《谎言之园》(Garden of Lies)。我读了这本书，后来又读了古吉的其他作品。

我在作家兼编辑简·弗里德曼的博客中读到一篇古吉写的帖子。当看到古吉说，艰苦的写作成了商业的牺牲品时，我大为震惊。她讲述了在她和许多其他作者身上发生的事。

> 我的丈夫痴迷航空。他让我知道，当飞机引发死亡螺旋，即达到一定的高度且无法克服重力，飞机就飞不出来了。对作家来说也是如此：需求量减少使得书籍发行量减少，销售预算和收益额也随之减少，紧接着你下一部书的预付款也会减少，就这样恶性循环。简言之，作家进入了"死亡螺旋"中。
>
> 事实就是这样残酷和冰冷：如果你上一部书的销售额不够瞩目，不足以吸引书商来大量订购下一部书，那么一切都完蛋了。就算你之前的书在全球一共卖了六百万本，也没什么意义。因为，你的能力只由上一部书的单本发行量来衡量。
>
> 更让人沮丧的是，就算你的作品销售额没有下跌，只要没有上涨，你仍旧会被出版商认定为"失败者"。因为你只是销售表上的一条水平线。一旦出版商对你失去兴趣，心不在焉，你的销售量就真的要大跌了。更糟的是，当你去联系其他出版商时，你的业绩，也就是你的销量"曲线"，会一直跟着你，像一张粘在鞋底的厕纸。

古吉详细介绍了发生在她身上的事，这是她的个人经历，也是作家们的共同经历。其中有一件事很常见：当支持你的重要主管或编辑退休或跳槽后，你在这家公司就变成了"孤儿"，你的书也不会像往常那样被公司重视。

对古吉来说，所有这些事都是"压倒性的"。她说自己就像在努力踢球的查理·布朗。每当有好事临近时，球就会被抢走。

古吉的一位作家朋友建议她独立发展。一开始，古吉拒绝了，但她的朋友问道："还有什么别的办法吗？"

所以，艾琳·古吉加入自出版的洪流并感到非常不安。但是，她很快发现了一些奇妙的事。

这些年来的打击早已使我的创作源泉枯竭。然而，灵感突然间又喷涌而出。很久以来，我一直想写一个悬疑系列故事。有一天，当我在家乡的沙滩上散步时，突然萌生了一个想法。我的家乡在加利福尼亚的圣克鲁兹，之前我离开那里，搬到了纽约。我想到，为什么不把我的悬疑故事设定在一个像圣克鲁兹的虚构小镇上呢？……我立马开始工作。我感到自己充满斗志！

古吉是一名足够专业的作家，她一定知道，在写作生涯中，没有什么是百分百确定的。

这是否值得呢？只有时间会告诉我们。同时，有什么东西在我的胸中激荡着：那羽翼丰满的东西叫作希望。我以为丢失了的东西又回来了。这是值得庆祝的事。

我喜欢"希望"这个词。这的确值得庆祝。

另一个商业市场的受害者是我朋友莉萨·萨姆森，我认识她十五年了。她是我遇到过的最有天赋的作家之一。她获得了许多奖项，得到了批评家的尊敬，拥有一群忠诚的粉丝。

差不多就在古吉发表博客的时候，莉萨在脸书上写道：

亲爱的朋友们：

俗话说，一切美好的东西终将消逝。然而，我却总是希望所有的好事都能持续下去。二十二年来，我一直在为这个鼓舞人心（参见：福音派基督教徒）的市场写作，这对我来说是荣誉和特权。的确，艺术审查逐渐严格以及平台重要性的提升，给那些仅仅想要拓展艺术形式的小说家带来了一些阻挠。但是，分享故事，将读者当成朋友一样去对待，让自己的作品去鼓舞、启发，甚至挑战别人，这本身就是令人激动的事……

莉萨谈到了出版业的变化，谈到了现在的出版商希望作者自己承担大部分的营销工作。这就是冷酷的、无情的经济现实。

> 我最近收到了一份合同，它不足以支撑我的家庭开支。与上一个项目相比，价钱下降了很多。这就是我能说的全部内容。我意识到，这不是针对我个人的，但是，兢兢业业做了二十多年的工作，就这样贬值了，真的很让人失望。我希望金钱没那么重要，但它确实是重要的，这让我伤心。我仍然非常感谢我为那家出版社写作的那段时光，感谢那里的人，他们都很好。但是传统出版是一门生意，就算有些人再喜欢我，我也达不到出版社的最低利益要求，在这家出版社，感觉良好并没有什么用。

莉萨承认了自己的失望（任何作家经历这些事都会失望），但是她做出了回应。作为一个追求精神生活的人，莉萨参加了一个按摩治疗项目，希望能给癌症、阿尔茨海默病患者以及临终安养院的人带来安慰。

换句话说，生活也是可以远离写作的。这是所有作家必须吸取的教训。对任何职业作家来说都是这样。

莉萨会再度开始写作吗？她没有完全关闭写作的大门，所以我的预言是：会。她非常优秀，如果不继续分享故事，内心会积存太多内容。但是她并不计较这一点。她忙着奉献自己。

这两位作家都是坚强的、有毅力的,她们选择了勇敢的道路。

你也可以做到。感到失望时,你要知道,自己并不是一个人,生活仍旧会带给你其他可能性。

抓住其中一个,努力去做。

▶ 关于勇敢面对的练习

1. 在日记本上用一页纸写下写作生涯中你害怕的事。要对自己诚实。

2. 给自己写一封建议信,告诉自己,当面对更大的失望时,你应该怎样做。

3. 最后,写下对你个人来说生活中最重要的事。将那些事作为你人生的底线,而不仅仅是写作的底线。

竞争是好事

几年来,我一直在我家附近的苹果店里买苹果产品。那家店坐落在一个大商场的二层。它很壮观,占据了商场的中心区域,紧邻饮食区和咖啡馆,称得上商场里最好的地段。商场里面还有一个天桥,可以让闲逛的顾客从商场的一边直接走到那个巨大的、开放的乔布斯帝国。

前一段时间，我和妻子在商场里走路时发现了一个标志，提醒我们一家新店刚刚开业。它也坐落在饮食区旁边。我说："我们去那里吧。我想看一看。它就在苹果店旁边。"

结果，不仅仅是在旁边，那家店就在苹果店的对面，在天桥的另一端。

你或许以为，那是一个新开的、闪闪发光的微软店铺。

如果是这样，你猜对了。

我不禁注意到，这家微软店和苹果店在设置上是多么相似：有许多桌子，桌子上摆着笔记本电脑、平板和手机；问询台也是按照苹果的天才吧设计的；销售员穿着颜色鲜艳的T恤，和对面的苹果店店员很像，挂在脖子上的名牌也和苹果店员工的一样。

一年前，苹果学习微软实用市场的故事还在流传着，即学习微软的商业模式。现在，由于苹果在消费市场盈利了，微软似乎在运行苹果的模式。

我注意到，微软店铺的面积只有苹果店的三分之一，但至少它出场了。它就在那里。

游戏开始了。

这就是竞争。竞争是好事。因为对顾客来说，竞争让自由市场变得更好。

竞争也让个体变得更强。

在我成长过程中，一直会玩一些竞争性的运动。它带给了我受益终身的教训，这些教训也同样适用于写作生活。这就是以下三点：

总有一些人比你有天赋

你无法改变天赋或生理条件。当你加入竞争中，你很快就会发现这一点。

在高中校篮球队时，我是很好的防守队员，我身高有一米九。但我的单足跳跃能力不强。我不能扣篮。如果我长到两米高，或许可以参加美国职业篮球联赛。但是以我的身高来说，我并没有足够的弹跳力。

所以，我决定在我现有的条件下努力发展。我不仅努力在校队打球，许多年后还一直坚持在娱乐活动或临时比赛中打球，做这一切只是为了好玩。

写作也是如此。有一些作家对待词语的方法，让我觉得他们是史前的穴居人，试图在岩石上刻字。但这让我想要更努力地提高自己的技巧。

你的天赋不由自己决定。你能决定的就是如何对待它。你想要成为一个坚持写作并有所收益的人吗？那就提高你的技巧。更用功的作家最终会超过那些更有天赋但懒惰的作家，这是很常见的事，彼得·罗斯（打棒球的时候，不是赌博的时候）就是一个例子。

全神贯注地做事

一旦进入游戏中，你就要倾尽所有，永不言弃。

一九一六年，佐治亚理工学院和坎伯兰学院进行了一场橄榄球赛。上半场结束时，比分是63∶0，最后的比分是222∶0。

在某一时刻，人们发现坎伯兰学院的一位队员裹在毯子里，坐在佐治亚理工学院的席位上。当被问及原因时，他说，他害怕教练让他再次上场。

你会经受失望。这是写作生涯的一部分。不管事情多么糟糕，你都要待在游戏中。关于写作的一件很好的事就是，只有你自己可以叫停。因此，不要让自己停下。

欲望和决心会战胜失望。从挫折中学习。或许你应该学习如何构建人物、对话或情节。针对每一个问题，你都可以找到大量的资料来帮助你。加入一个批评小组。去参加研讨会。

只是不要让自己裹在毯子里，并永远放弃比赛。

你最终的敌人是自己

不要把时间浪费在与其他作家做比较上，不要嫉妒他们的成功（或暗自希望他们失败）。这是对能量的浪费。的确，把你的作品送去参评奖项就会让你和其他作家产生竞争，但是不要让失去奖项（或者赢得奖项）扰乱了你的大脑。

相反，你应该集中精力，将你的创造力都投到眼前的纸上。

忘了运气。我不相信"相信运气"这回事。那些认为霉运是失败原因的人，就像酒吧尽头那个留了三天胡子的老头。"我本可以成为有力的竞争者，是我的胡子阻止了我！"

这有什么用呢？

取而代之的应该是努力。

洛基·马西亚诺是有史以来最出色的拳击手之一。他赢得了世界重量级拳击比赛冠军，在整个职业生涯中从未输掉一场比赛。

但一开始，他也并不是那么前程似锦。马西亚诺号称"布罗克顿炸弹"，因为年轻时为布罗克顿冰与煤公司搬运大冰块，所以锻炼出了健硕的胳膊。那些肌肉很沉重；而本可以支撑他抬起胳膊的肌肉却没有得到很好的锻炼。

结果，几个回合下来，马西亚诺的胳膊开始下沉，这让对手有机会袭击他的脸。

马西亚诺没有放弃，他想出了自己的训练方法。他去当地基督教青年会的泳池，在水下不停地练习出拳。他找了一个重达一百六十三斤的拳击袋（一般拳击重袋是四十五斤）。几个小时的时间里，他不停地向拳击袋挥拳……用裸拳去打。无须赘言，他的拳头后来变得如金刚石一样坚硬，他的胳膊也硬如打桩机。

结局怎么样？马西亚诺创下了49∶0的记录，其中四十三次是一拳击倒。

马西亚诺曾经说："我愿意做出牺牲。即使在旅行中没有装备也可以。我会在宾馆里花好几个小时锻炼我的力量。比起其他事，我最想做的就是成为一名战士。我想要成为一名优秀的战士，然后成为伟大的冠军。"

亲爱的作家们，你们想要的是什么？你愿意牺牲什么？

并不是每个人生来就具有钢铁般的意志，但你可以锻炼自己。如果你每天迈出一小步——练习写作，学习，编辑，再写点儿东西——很快你就能跨出更大的步子。

在拳击界有一句俗语：你必须不断地出拳，因为你总会有出拳的机会。

所以当你被打倒时，马上站起来。不断地敲击键盘，你永远有机会。

从失败到成功

年轻的时候，我发现弗兰克·贝特格的《从失败到成功的销售经验》(*How I Raised Myself From Failure to Success in Selling*)非常有用。它是销售类书籍里的经典作品。许多人都给予这本书好评，因为它帮助他们走在了其他员工的前面。

这本书的书名也很合适，因为在我二十多岁的时候，我确定自己的写作生涯就是一场失败。我写的东西不能达到想要的效果，人们对我说，只有天生就是作家的人才能当作家。你无法去学习如何成为作家。

花了大概十年，我接受了自己不会成功的事实。

所以我做了一些其他的事情。我搬去了纽约，去学表演。我开始在百老汇、莎士比亚剧院和先锋剧院演一些角色。但过了一段时间，我感到疑惑：为什么没有像《夺宝奇兵》(Raiders of the Lost Ark)那样的电影找我演主角？（他们把主角给了一个叫福特的家伙。）

有一次回洛杉矶参观时，我在宴会上见到了一位优秀的女演员。鉴于很快就要回纽约，我在待了两周半的时候求她嫁给我。

令人惊讶的是，她答应了。

结婚后，我觉得或许有一份稳定的薪水对我们来说是好事。由于辛迪比我更有天赋，她继续表演事业，而我选择攻读法律学校。

在南加利福尼亚大学法学院的第三年，我参加了贝弗利山庄的一家大公司的面试。

令人惊讶的是，他们录取了我。

后来，我开了自己的工作室。然后我发现自己必须成为一个商人。我必须学习企业经营之道。因此我开始读一些商业方面的书，其中一本就是贝特格的。

许多年过去了，我内心的写作热情又回来了。这个欲望，从我孩童时期读到《人猿泰山》（Tarzan of the Apes）时，就埋在了心中。贝特格的原则也在写作之路上帮助了我。

弗兰克·贝特格曾是一名一流的棒球手，后来从事了保险行业。经历了最初的失败后，他开始怀疑自己是否能成为一名优秀的销售员。他决定去看看其他人做了什么。他开始进行一系列的练习，让自己逐步走上巅峰。

第一项练习是热情。要想成功卖出商品，你必须对自己的产品、产品的前景、你的生活保持热情。你必须能够散发快乐，因为快乐的反面是阴郁，而阴郁的人是卖不出东西的。

贝特格发现，即使他并不是真正有热情，也可以表现出热情，然后热情的感觉就会慢慢产生。

当我发现写作技巧可以习得之后，我激动极了，就像一个人在大海中找到了一个可以依靠的木板，然后又停在了一座丰饶的小岛上。这足以给我的写作灌入快乐和希望，这两种感受开始提升我的写作技能。

贝特格提到的另一项练习是建立规划体系：做计划，记录成果。当我拿到第一本书的合同时，我没有想过接下来会做什么。所以我开始做规划。我给自己的写作生涯制订了五年计划，记录我遇到的人、我想要遇到的人，并且据此制作时间表。

我已经建立起了每天定量写作的制度，但是现在我开始在电子表格中记录我的产出。（参见第七章的"高效作家的十个特点"，那里有关于记录产出的建议。）

接下来，贝特格总结了销售中最重要的"秘密"：发现其他人想要什么，然后帮他找到最好的获取方法。

这让我想到取悦读者的事。在大学期间，我深受"垮掉的一代"作家（凯鲁亚克、金斯伯格等）的影响。他们的写作是特殊的、实验性的。然而我很快发现，这种特殊性并不能被大多数读者接受。

我知道，我可以只为自己写作，忽略流派，写潮流的东西（尽管大多数时候是有艺术感的潮流）。但我想要以写作为生。所以我重新出发，寻找故事中能给我乐趣也能满足读者期待的地方。

而且，我需要更多的自信。贝特格写道，提高自信的最好方法是不断学习。永不停歇。

对写作来说也是这样，不论是提高写作技能还是推销技能。

如果你决定采用传统出版的方式，你需要知道：出版合同是什么样的？你能够接受的条件……或者，更重要的是，你能放弃的是什么条件？一个优秀代理人的特点是什么？从现实的角度出发，在编辑和市场方面，你能期待的是什么？

如果你要自出版，那么，你有计划吗？你知道需要了解什么吗？你是否付出了系统性的努力？你愿意冒险吗？

我在经商的时候，每天至少花半个小时阅读有关经商之道的书，然后进行思考、规划。写作的时候，我也是这样做的。我阅读了《作家文摘》上的每一篇内容。我喜欢阅读关于写作技巧的书和博客。我的原则一直是，如果我学到了哪怕一种新技巧，或者看到一些熟悉的观点，那就是值得的。

贝特格的书中还有很多内容，但我决定以给我（不论是作为商人，还是作为作家）最大帮助的内容结尾，就是关于富兰克林制订自我提升计划的那一章。

在富兰克林的自传中，他写到了自己的欲望。作为一个年轻人，他想培养通往成功生活的习惯。富兰克林选出了十三条美德，比如节制、决心、节俭、正义等。他制作了一个表格，每周集中于一个美德，然后培养习惯。照此下去，他一年可以将表格循环四遍。

贝特格也学习富兰克林的做法，他选择了十三个能够帮他成为销售员的练习，比如：真诚，记住人的名字和长相，为人服务，发现潜在客户，等等。

在写作中我也学习了他们的做法。我制作了一个表格，写着我称之为"小说成功的关键因素"的内容（见下一节）。通过系统地关注这些问题，我希望能够提高小说的整体表现。如今，我会将这些因素总结为：情节、结构、角色、场景、对话、主题、声音或文风。

在我人生中的两个重要节点——必须经商和决心追求写作梦想时——贝特格的书给了我很大的帮助。在这两次追求中，我都遇到了很多挑战。找到灵感的源泉是很重要的。这位前任棒球手给了我动力，我很高兴。

↘ 从失败到成功的练习

　　1. 评价你写作的热情等级。写作时，你可以做到没有恐惧吗？还是有一些"内心声音"在动摇你？

　　2. 通过写作提高热情，假设自己绝不可能失败。写作时，在心中保有这份自信。

　　3. 你规划过写作生涯吗？制订一个计划，写下来，包括产出计划和学习技巧的计划。

小说成功的七个关键因素

下面七个方面包含了写作技巧的所有内容。我建议所有严肃作家都能够客观地评价自己，然后制定自学项目来提高技巧，从最薄弱的环节开始提升。

自学计划应包括阅读相关的技巧书，研究那些在某方面做得很好的作品，进行写作练习并得到反馈。

系统性地去做，你的写作就会"一石激起千层浪"。

1. 情节

情节是小说事件的集合，构成全部叙事。每一个情节都应加强主角的死亡斗争。

记住，死亡分三种：身体死亡、职业死亡、心理死亡。

2. 结构

你的情节如何联系起来，这是结构问题。我将结构称为"想象力的翻译软件"。我的意思是，读者需要你将所有奇妙故事的素材——核心、热情和紧张感——以一种他们能够理解的方式来呈现。

所有的写作教师，不论他们承认与否，都赞成三段式写作：开头、中间、结尾。中间部分（最混沌的部分）就是第二幕，也是故事中最长的部分。

你可以在结构上创新，但要知道：你离传统结构越远，就离实验性小说越近。实验性小说没什么不合法的，但是它们很少获得成功。

3. 角色

当然，角色是小说的生命。如果角色无法牵动读者的心，那么所有跌宕起伏的情节都没有意义。

关于创造角色的方法和技巧有很多。有些作家喜欢创作大量的背景故事信息或回答一系列的问题，还有些作家喜欢边写作边创造角色。

不论你用什么方法，你都希望角色是 E.M. 福斯特所说的"圆形人物"，这意味着角色"能够以令人信服的方式让读者感到惊讶"。

4. 场景

场景是小说的砖瓦。情节是场景的集合，按结构出现的场景构成叙事。

一个场景有其内在结构：一个视角角色拥有一个目标；想要实现那个目标会遇到困难（这就构成了冲突）；最终，会有一个结果。

结果需要是一场挫折。它让主角的境遇更糟。有时，为了多样性，主角可以成功实现目标，但是那个成功应该引出更多的麻烦。

理查德·金布尔在《亡命天涯》中闯进一个医院里包扎伤口（没有人看见他）。他成功了。但出于礼貌，他救助了一位受伤的警卫，这使得当局发现了他的行踪，然后追捕开始了。

5. 对话

这些年来，在研讨会上读了许多原稿之后，我得出了一个结论：对话是提高原稿质量的最快途径；同时，它也是毁掉原稿的最快途径。

好的对话是紧凑的，根据角色而发生变化，有某种活力。在这方面我写了一本书，《如何创作炫人耳目的对话》（*How to Write Dazzling Dialogue*）。

6. 意义

意义或主题是每一本小说的"遗留物"。唯一的问题在于你是否想要明确表达它。

有些作家开始写作时，脑海中会有一个主题。有些是在写完后，发现了稳重的主题。还有一些人根本不考虑主题，让故事随机发展。

我的建议是，你要知道故事的主题，以何种方式都行，并且将主题自然而然地融入情节中，这样会带来最好的阅读体验。

为了帮助你找到主题，你可以想象主角在事件二十年后的经历。问这个角色，为什么一定要经历这些困难？角色学到了哪些可以为我们所用的人生经验？

7. 声音

声音是小说中最不被理解的部分。所有代理人和编辑都说，他们想要找到一种"新鲜的声音"，但他们不知道如何去定义它。

定义是这样的：角色背景和语言通过作者内心的过滤，以有技巧的方式呈现在纸上，这就是声音。

想一想，然后去学习，将你的小说提高到新的水平。如果你想了解更多，可以看看我在声音方面写的一本书，《声音：伟大写作的神秘力量》(*Voice: The Secret Power of Great Writing*)。

不停地出拳

一直以来，我最喜欢的电影之一就是保罗·纽曼主演的《回头是岸》(*Somebody Up There Likes Me*)。这是一部伟大的拳击电影，是中量级拳王洛基·格拉齐亚诺的传记片。前面我们已经谈到过，但是还有许多可以从拳击中学到的内容。

格拉齐亚诺在最贫困的社区，也就是纽约的下东区长大。最著名的拳击作家伯特·休格写道："格拉齐亚诺在纽约的下东区长大，道路的两端都是错误的方向。"

他是一个粗野的街头小混混，一个小流氓。他父亲让他出拳打哥哥，直到打出眼泪为止。在成长中他学到的一件事就是出拳。

他几次进出管教所，进出军队。当他终于需要挣钱的时候，他选择了拳击，成了传奇式的"击倒"艺术家。最终，他赢得了世界中量级比赛冠军，但这冠军来之不易。

他的对手也是一位伟大的冠军，托尼·扎勒。在之前的比赛中，扎勒击败了洛基，在这次比赛中，他也同样粗鲁地对待洛基。裁判就要宣布停止比赛了，但是洛基的助手努力帮他止住了血。

这场比赛对洛基·格拉齐亚诺来说，似乎又是一场灾难。

但是他能做的事就是出拳。他没有放弃。

在第六回合，他彻底击倒了托尼·扎勒。

他赢得了那个出拳的机会。

我的朋友们，不论你们想做什么，这个道理都是适用的。你必须不断出拳。除此之外的选项，就是放弃。

你有放弃的想法吗？

丢掉它。因为如果你不断地写，不断地学习，不断地成长，你的写作生涯就有可能有所成就。

活到老，写到老

在本章的开头部分我说过，我喜欢那些从不停止写作的作家，比如赫尔曼·沃克。他们不断地努力工作，直到生命的最后一刻（赫尔曼在九十七岁时还出了一本书）。我也想像他们那样，直到生命之冬的铃声响起，仍然在写作，仍然在做梦，仍然在出版。因此，我被一篇题目颇具挑衅性的文章所吸引，那就是塔拉·巴拉姆普发表在《华盛顿邮报》(*The Washington Post*)上的《创造力注定会随着年龄衰退吗？》("Is Creativity Destined to Fade with Age?")。文章是这样开头的：

> 多丽丝·莱辛是一位不拘一格的诺贝尔奖得主，她的写作专注于种族、殖民、女权和消费主义。最近她去世了，享年九十四岁。她的一生很多产。但是五年前，她说自己的写作已经枯竭了。
>
> 一篇讣闻中提到，莱辛说："不要以为你会永远拥有创作力。当你拥有的时候，就要使用它，因为它总会逝去；它会慢慢溜走，就像水从塞孔中流走。"

在二十世纪九十年代，莱辛有过一次中风，这可能影响了她的观点。这是否意味着，年老的作家注定会思维枯竭？这篇文章中提到一位学者马克·沃尔顿，他出版过《无限潜能：转化大脑，释放才能，在中年以后重塑工作》(*Boundless Potential: Transform Your Brain, Unleash Your*

Talents, Reinvent Your Work in Midlife and Beyond）。他对此表示否定：

> 从神经科学的角度来说，真正有趣的是，只要我们坚持创造，只要大脑没有受到损害，就可以保持创造力。

另外一个研究者迈克尔·默策尼希也提出了警告。他是加利福尼亚大学旧金山分校的退休神经科学教授，也是《软连线》（*Soft-Wired*）的作者。那是一本关于优化大脑健康的书。默策尼希认为：

> 如果多年来重复进行相同的创造而不提高技艺，那就像一辈子只做仰卧起坐这一个运动。（只会一招的艺术家）会变得机械化，他们会囿于习惯。他们没有做到不断地挑战自己，从新视角看生活。

这是我喜欢自出版的一个原因。作家们也可以玩耍。我们可以想去哪儿就去哪儿，不用被绑在某一类书籍上。我们可以写短篇故事、中篇小说、长篇小说和系列故事。当我不写悬疑故事时，我喜欢挑战自己，用不同的声音去写拳击故事、关于修女的中篇小说或僵尸律师惊悚小说。目前我正在计划一系列短篇故事，它们将会是怪异的弗雷德里克·布朗风格。为什么呢？因为我可以这样做，也因为这样可以磨尖我的写作之笔。

这似乎是整个长寿问题的关键：

> 年老的作家也可以被自身的死亡意识所激励。现今六十九岁的瓦莱丽·特鲁布拉德是一位西雅图的作家，她直到六十岁左右才发表了小说《七种爱》(Seven Loves)和两本短篇故事集。她说，年老可以给创作过程带来更大的紧迫性。
>
> 特鲁布拉德说："我认为对许多年老的人来说，拥有一段精力充沛的时光，当你看到它结束时，你会更加敏锐地意识到生命的短暂，我认为这会让你更加努力，让你想要明确一些事情，去完成它们。"

拥有常规工作的人往往迫不及待地想退休。然而，作家永远不该退休。只要你活着，就要努力去创造。你可以按照下面这样做。

永远保有至少三个写作项目

我认为，所有作家都应该有至少三个写作项目在进行：有一个正在书写；有一个次级项目，当第一个项目完成后，它就会成为在制品；还有一个或多个"发展中"的项目

（一些笔记、立意、想法、人物资料等）。这样，你的大脑就不会堵在一个地方。

保持身体健康

作家的大脑寄居在身体里，所以一定要尽力保持身体健康。如果有必要，你可以从小事做起。每天吃一个苹果。喝更多的水。带着小小的笔记本和笔去散步，准备好记下笔记和想法。

保持积极多产

每天都要写点儿什么，即使只是你日记本上的一个条目。你要知道，你写完的东西一定会发表。或许通过签订合同，像赫尔曼·沃克那样；或者通过电子方式自出版。再不济，它也可以成为一个限量印刷的回忆录，只给你的家人看；或者成为博客内容。如果作者知道他们写下的东西有人阅读，写作的过程就会更加愉快，而愉快是写出让人难忘的句子的关键。

要怒斥，怒斥光明的消逝。要这样对待你的键盘。不要认为你的能力在减少，或者你已经以某种方式失去了最初驱使你写作的火花。如果某人告诉你，你将永不再拥有那火花，你要对他们张牙舞爪。谁有权决定？你自己。而你的回答是，我仍会得到火花，我将在下个故事中向你展示……

你是一名作家！所以你要去写，永远不要气馁。

不要破坏你的写作

你的写作生涯里将会出现足够多的小怪兽——拒绝、差评、经济风险、矮个子演员出演你那接近两米的主角——作家应该谨慎，不要着急给自己添麻烦。下面是十种可能会破坏你的写作的做法。

1. 比起写作，你更关心你的职业

你猜怎么着？不论你处于写作生涯的哪个阶段，你都可以找到烦恼的理由。你没有代理人，你想找个代理人。你得不到发表的机会，你想让作品发表。你的作品发表了，你想让它们被阅读。你的作品有了阅读量，你又希望有更多的人来读。你独立了，但你卖书的收益不够支付一个月买咖啡的钱。

你总可以找到烦恼的理由。你应该做的是多写。当你投入到故事中，推敲故事的关键点，想象场景，感受人物心情时，你就不是在一片未开化的土地上野营——那里充满了未完成的期待。

2. 比较陷阱

你因为看到别人的成功而捶桌子并呼唤公平,这样有什么用?写作本就不是公平的。它就是这样。你竭尽全力做好自己的事,让结果自然而然地发生,因为你无法操控结果。你不能触碰也不能改变它们,不能修正结果。你能做的就是每次都竭尽全力。

> 快乐的方法只有一种,那就是不再为超出我们意志力范围的事情而担忧。
>
> ——爱比克泰德

3. 沉迷排名

另一件你无法控制的事,就是亚马逊或各种畅销书榜单的排名。诚然,作家们可以做一些事情来努力"操控体系"。许多年前的花钱买评论的丑闻就是臭名昭著的例子。最后,这样的博弈并不值得。

不要担心排名或者名单。担心下你的字数、情节和角色。如果这些你做好了,那么排名自然会有所上升。

4. 嫉妒

嫉妒是另一种无用的情绪,但它似乎是大多数作家生活中的一部分。安妮·拉莫特和伊丽莎白·伯格都因此失去了友谊。嫉妒甚至驱使作家们利用"马甲"身份给自己刷好评，还给对手的书打差评。

"心中安静，是肉体的生命；嫉妒是骨中的朽烂。"这是《圣经》（箴言 14:30）里的话。试着通过专注于故事找回宁静的内心，同时，开展下一个写作项目。这才是正确的。你要成为一个迷你工作室。即使正在创作那个"开绿灯"的项目，你也应该有"发展中"的项目。

5. 想成为下一个詹姆斯·帕特森

或者想成为下一个 J.K. 罗琳、迈克尔·康奈利。等一下。我们已经有这样的人了，并且他们都很擅长做自己。

成为你自己的领军品牌，而不是一元店书架上某个品牌的一部分。

我不是说，不要和他们写相同的类型，或者不要去学习其他作家好的方面。我们当然可以从仰慕的人那里学习。

但是当我们写作时，脑海中应该有一幅画面，那是作家自己的某种画面。如果我们想象自己的书被当成康奈利的书，或者想象自己和康奈利一样接受《洛杉矶》（*Los Angeles*）杂志的采访，我们只会成为第二个康奈利。

这样做，你就扼杀了那些足以让你变得独特的机会——你自己的声音。那才是需要表达的内容。如果你努力成为下一个某某，人们对你的评价就会是"老一套，老一套"。你自己的声音能让你远离这样的评价。

6. 自己不够优秀

这不是问题所在。问题是你是否想写作。你真的想写作吗？这种愿望是否强烈到如果不写作，你会觉得接下来的人生少了些什么？

你必须觉得自己别无选择。写作是你必须做的事，即使你有一份全职工作，即使你要在房子里照顾一群孩子。你会找到时间，坚持写作。不断地提升。你可以提升。我已收到了上百封信，它们都证实了这一点。

凯特尼斯·伊夫狄恩并不觉得自己足以赢得饥饿游戏，但是她别无选择。写作游戏就是一个竞技场，一旦你进来了，就不要浪费时间去考虑自己是否足够优秀。收集你的武器和装备，开始战斗吧。

7. 恐惧

害怕失败。害怕看起来很傻。害怕你的写作会暴露自己。我们都深陷在恐惧中。这是生存机制。

只要恐惧不继续发展下去，它就有好处。事实上，当你对写作中的某些事感到恐惧时，那或许意味着，这正是你需要深入的地方。那里或许藏着新鲜的材料。写作中的迟疑一定有某种原因。那是什么？先写出来，然后再评判。

再一次声明，行动（去写作）才是答案。爱默生说过："做你恐惧的事，然后恐惧一定会消失。"

8. 一蹶不振

当我儿子第一次在少年棒球联合赛中投球时，他受到了打击，因为某人给了他致命一击。这会影响他之后的表现。因此，我给他制定了一个规则。我告诉他，他可以说一次"见鬼"，可以用拳头击打手套。这就变成了"一次见鬼规则"。这帮助他安定下来，最终获得了锦标赛的胜利。

当挫折来临时——它一定会来临——你需要勇往直前，去感受它。说一句"见鬼"。（或者，当你一个人的时候，你可以想怎么说就怎么说。）但要给自己设定时限，给自己三十分钟来感受挫折。在那之后，回到键盘旁，继续写作。

9. 比起写作，更喜欢当作家的感觉

已故的罗伯特·B. 帕克说过，一个作家做的最重要的事情就是创作。不要陷入那样的陷阱：在日记本上写了一些字，感受到创作力的郁金香在你头脑中开花，然后就置之不理。

在写作这个游戏中，你需要投入一些血汗资产。我不

是说你必须像那些出租屋里的纸质书作家那样（尽管我自己很喜欢这些人）机械性地写作，但你必须定量写作，即使是很少的数量。只有"想写作"的时候才写作，这不是职业作家的做法。

10. 让消极的人接近你

"别让那些混蛋把你击垮。"

下次，当那些自以为什么都懂的人说你"不是当作家的料"时，你就对他微笑并重复这句话。当他疑惑地看着你时，你要转过身去，走到电脑前，继续证明他的错误。

并且计划让接下来的十二个月成为你最高产的一年。

作家们也会闷闷不乐

和大多数艺术家一样，所有作家的情绪都容易跌宕起伏。我写出的最好的作品之一是个短篇故事，《我能看透世事》（"I See Things Deeply"）。故事关乎一个疯狂的大叔，他是诗人并因此备受折磨。但是——但是！——他能看到很多人看不到的事。比起那些被平庸生活束缚的可怜的因循者，这位大叔体验生活的方式更加丰富多彩。

这也是彼得·谢弗的戏剧《恋马狂》（Equus）的主题。我有幸看过安东尼·霍普金斯和汤姆·休斯克主演的版本。

在故事里，一个精神科医生想要帮助一个有恋马癖的男孩。在探索男孩内心的魔鬼时，医生不得不看向自己的无聊人生。作为这样一个普通人（直白地说），他牺牲了什么？

某一刻，他说："但是那个男孩有一种热情，那比我生活中感受到的都要强烈。我要告诉你，我嫉妒。这就是一直以来他的凝视所告诉我的：至少我飞驰过，你呢？"

当然，这样的视角也有代价。我的一位通过多种方式出版作品的朋友，最近写了一封邮件给我（使用已获许可）：

> 对于是当一个冒牌货还是写出一本好书这件事，我会感到沮丧，也会充满疑惑。我郁郁寡欢。有时我想一个人待着；有时我想成为社交高手。这是场持续的战争，有时我能胜利；但有时，我只能被忧伤的情绪战胜，等待迷雾散去。然后我会重回我的小小世界，至少它是理解我的。我并不像泽尔达那样，但是……我的确明白她的恐惧。

不仅如此，作家还有很多机会扰乱自己。我们有无数可以担心的事：我到底够不够好？那个读者为什么只给我一星？怎样让别人注意到我的书？我为什么找不到代理人？为什么某某做得比我好？我今天的亚马逊排名怎么样？那是我的亚马逊排名吗？

因此，"写作中的沮丧"似乎是艺术事业的必要附属品。但我们可以做一些事来抵抗其无情的碾压。

学会感激你所拥有的

你已经自出版了一本小说，一年内只有五次下载量。首先，你要明白，上天已经给予了你一份礼物——让你的小说能够出版，面向潜在读者，同时你已经拥有了五个读者（你的姐夫也要算在内）。怀着感激之情开始吧，感激你能够打字，你能够讲故事，你的想象力正在活动，你能够学着成为一个更好的作家。然后，容我引入下一条建议。

建立严格的自学计划并遵守它

关于写作的一件好事是，有大量资源可以助你提高写作技能。当你研究某件事时，你就是主动的。采取行动定能驱赶沮丧。你要这样做：客观看待你的写作（你或许需要外界的评价，比如自由编辑）；选出你写作中最薄弱的三个地方（情节？风格？人物？对话？），并找寻相关学习资料；练习你学到的技巧。

我保证，这能让你感觉好些。我喜欢写作技巧，并且仍在刻苦地学习。但同时，你要记住下面这条。

初稿要尽情去写

你知道,在写作时,"内心的编辑"应保持沉默。当你创作的时候,不要想太多。这是雷·布拉德伯里提出的伟大建议。他会在早上开始写作,这样写作将会"爆炸"。然后他会用一天中剩下的时间处理所写的东西。

给每一个场景注入你最大的创造力和热情。

充满热情地去写。然后,冷静地修改。

知道你不是一个人

如果你还没有经历过"评论抑郁",那么很快你将会经历。你不是一个人,没有一个作家能够幸免。一位给契诃夫经典作品写评论的批评家说:"如果你问我《万尼亚舅舅》(Uncle Vanya)的内容,那我就要尽可能多说一些。"

安得鲁·戴维森的第一本小说《石像怪兽》(The Gargoyle)获得了《出版人周刊》(Publishers Weekly)的好评:

> 星级书评。在戴维森这本强大的开山小说的开端,一个没有名字的叙述者——因吸食可卡因而头脑混乱的情色小说家——从一条山路上驱车离开,作者没有对这条山路所在的城镇进行详细介绍……一旦进入这个非传统的冒险故事中,很少有读者想要把书放下。

然而,《娱乐周刊》(Entertainment Weekly)却说:

> 据报道,两天之内,安得鲁·戴维森的第一本小说《石像怪兽》获得了一百二十五万美元的销售额——如果读者是为了购买那些无意间搞笑的句子,那么每个笑话的价格大概是一万美元。这本被大肆炒作的书的糟糕程度简直令人瞠目。

不管一本书多么好,都会有批评的声音。知道这一点能够帮助你度过写作中的某些时刻。

然后,还有销售引起的抑郁。所有作家(即使是那些大作家)都要面临销售抑郁,同样还有嫉妒抑郁、"我太傻了"抑郁等各种类型。这也是为什么过去的那么多作家会转向万恶的朗姆酒以寻求安慰。这是蚀本生意。相反,你应该按下面这样做。

锻炼身体

这确实有用,可以增加内啡肽。

在写作间隙,我还会做另一件事:躺在地上,把脚放在板凳上;然后,深呼吸,放松十分钟左右。血液流向灰质,将细胞清洗一番。下层的细胞们开始工作。当我站起来时,就会感到精力充沛。

你是一个讲故事的人，世界需要故事——即使你必须走过忧郁的沼泽来讲述故事。事实上，或许这份悲哀才是真正的艺术家的标志。

因此，保持真诚。保持专注。坚持写作。

避免过度分析造成写作疲软

不久前，我收到了一位作家的长信。他参加过我的写作工坊。他允许我转述信件中的关键信息。

这位作家在提高写作技能方面努力了许多年，觉得自己正在进步。他写出了三本小说，并且在一个研讨会中得到了一家大型出版社编辑的好评。这位编辑告诉他，问题的关键不是能否获得合同，而是何时能签合同。出版社邀请他随时提交合同。

那是三年前的事了。现在，他仍未提交。

发生了什么？他将其描述为"过度分析造成的写作疲软"。

> 我想让初稿足够完美，我无法逃离这个想法的禁锢。就像遭遇写作瓶颈那样，这是一种很可怕的境地。有时，它会阻碍我动笔。有时，负面评论总让我想起出席研讨会时的情景。

他提到的研讨会是指当地的批评小组。不幸的是，这些小组成员被强大的自我意识主导。这些人大多数时候都在"通过拆解他人来建立自己"。即使这位作家从读者群中获得了很好的反馈，当他的作品在研讨会中被有组织地糟践时，他的自信也会彻底动摇。他最终离开了那个小组，但是……

> 有一种烦人的感觉留在了我身上，我觉得不管我在写什么，它总是不够好。我不断地重写第一章，却总不满意，不觉得它们"足够好"。即使我没有失去对这个故事系列的热爱，也已经失去了写作的信心。

最后，他问我：

> 是否正因为我们如此费力地写初稿，所以才不希望真正地写完它？因为我们不希望对初稿进行修改或增删。我们为什么那么想一次写成？怎样才能摆脱这种无意义的想法？

在给他的回信中，我给出了一些建议。它们基于海因莱因的两个写作规则和贝尔推论。

海因莱因的两个写作规则：

1. 你必须写。
2. 你必须写完。

贝尔推论：

3. 你必须修改写下的内容，然后再多写一些。

你必须写

老笑话说：如果你失眠，睡一觉就好了。如果你遭遇了写作瓶颈，那就通过写作来打破它。

像这种由于过度分析造成的写作瓶颈，是因为你的大脑缠住了你的手指，就像海藻缠住了轮船螺旋桨。发动机发出轧轧声，但你就是不能前进。你必须剪断所有的缠绕物。

怎么做？

第一，定量写作。我知道有些作家不喜欢定量写作，但是所有在纸媒时代靠写作谋生的职业作家都明白它的重要性。的确，定量写作会带来压力，但是压力正是打破这种瓶颈所需要的。

第二，在心理上允许自己写出不好的作品。海明威说过，所有的初稿都是垃圾。写作之前你也应该这样对自己说："我可以写得不好！因为后续还可以更改！"

第三，做一些晨间写作练习。连续五分钟不停地写，可以写在任意的地方。随意打开一本字典，找到一个名词，然后开始写。以"我记得……"开头写回忆录片段。

如果你的瓶颈极度严重，那就试一试邪恶博士的"要么写，要么死（Write or Die）"。这一款精致小巧的在线应用（你也可以购买电脑版，价钱不贵）能够让你快速写作，否则就会对你发出可怕的声响。制定目标（比如，七分钟写二百五十个词），然后开始。

你这是在教自己在写作的时候能自由挥洒笔墨。

你必须写完

我总是建议作家们尽可能快速写完初稿。这意味着：

1. 你只能稍微修改前一天的写作内容，然后继续今天的定量写作。

2. 每写两万个单词回头检查一下，确保基础结构是合理的。赌注足够大吗？通过第一道"不归之门"了吗？

3. 然后继续推进，直到写完。

你必须修改写下的内容

深究初稿的时刻是在完成它之后。把初稿放在一边，至少放三周。然后坐下来，就像一位初读新书的读者那样阅读打印出来的纸稿。

做一些小笔记。带着一个问题通读全文："一位忙碌的读者、代理人或编辑会在哪一刻放下这本书？"

首先解决这个重大问题。

然后，再次阅读，关注每个场景。这就开启了技术研究。就像打高尔夫那样。当你打高尔夫时，只管去打，不要去想其他的事。当比赛结束后，你才需要回头看，决定今后怎样练习，该提高哪项技能。当你有一个好老师时，你会学到基础内容并打得越来越好。

写作也是这样。有那种写出了好书、好文章、好博文并开办工坊的好老师，向他们学习。当初稿写完后，用学到的知识进行修改。当写下一本书时，那些经验就会成为"肌肉记忆"。经过这样的锻炼，你会成为更好的作家。

在此，我应该就批评小组提出一个常规性的警告。和生活中的所有事情一样，批评小组也有好的，有坏的，有丑陋的。如果你找到了一个优秀的、有帮助的批评小组，那真是太好了。但是你也要知道，毒害作家的批评小组也是存在的。那些小组通常被一个有力的声音操控，拥护那些"永不能做"的铁律，比如：永远不要以对话开头！前五十页不要写背景故事！前两页不要提及任何与天气有关的事！

有时，他们压倒一切的语调是为了拆解你的初稿。如果你成了这种小组的受害者，很快，在写每一个句子时你都会僵住。这也是与我通信的这位作家遭遇的问题。

有时，雇用一位出色的、有经验的编辑是很值得的。如何去找呢？做调查，找别人推荐。因为前些年的裁员，许多曾经为纽约各出版社工作的编辑都变成了自由职业者。要聘请他们，费用不少，大概需要一两千美元。如果这超出了你的预算，那就搜寻并培养一群优秀的、基础扎实的试读者。

然后再多写一些

最重要的是产出。与我通信的人提到了他认识的一位作家，那个作家花了八年时间参与同一本书的工坊和研讨会，最后意识到，这样做还不如写八本书更有收获。

你的最低目标应该是每年写一本书。如果你想要成为职业作家，就必须做到这一点。这很简单吗？并不。如果很简单，那你的猫也能写小说。但是，正如理查德·罗兹所说："一天写一页，一年就能写一本书。"一页有二百五十个词。

放手写吧。

好消息是，当我回答了来信作家的问题后，他回信说：

> 周二大部分时间我都坐在电脑前，在四次研讨会的其中一个上，写出并修改了四千五百个词。我感到解放

了，因此想要谢谢你。太感谢你了。你告诉我的方法就像是重启开关。一次拖延了很久的重启。

如果你也遇到了由于过度分析而造成的写作疲软,那这些方法或许对你也有帮助。

第六章　学习写作技巧

每当有所疑虑，就放手写吧。为自己写出一条出路，走出角落，走出恐惧，走出挫折。这是很好的习惯。但是，除了这条路，你也应该有另一条轨迹：技巧学习。将不断提升技巧作为目标，这和每日写作一样重要。放手写吧，不断学习——这是通往高产写作的两条钢轨。

让小说引人入胜

前些天，我开始阅读一本纸质老书时，并没有抱特别大的期待。但是我被拉入了这个虚构的梦境中，不想把书放下。我把其他事情搁置，以便能够读完它。

我不记得上次这么沉迷一本书是什么时候了。通常，当我读小说时，我的一部分大脑在分析它：作者为什么要那样做？那个比喻有效吗？我为什么想把这本书放下？哦，那个技巧真妙，我得记下来……

然而这一次，我完全沉浸到了故事中。直到读完时，我才问自己：发生了什么？为什么我会如此着迷？这位作者做对了什么？

这本书是《大个子雷德的女儿》(*Big Red's Daughter*)，它是金牌出版社于一九五三年出的平装原版书。我在网上搜寻二十世纪四五十年代的黑色小说时发现了它。我喜欢那段时期的作品，因为故事情节很棒，写作技巧娴熟，悬疑效果丝毫不输如今的作品——不需要没来由的关于语言或身体部位的描述。甚至在书的封面上也显示出了性张力。哦，那些封面！我太喜欢了！

然后，我看到了作者的名字，我不认识他。因此我做了一点儿调查，发现作者约翰·麦克帕特兰在网上只有很少一点儿讯息。我喜欢发掘那些鲜为人知的作家，而麦克帕特兰正是这类作家。因此，我得到了这本书，并且爱不释手，这是多么令人高兴的经历啊！

我并不是说，这是一本应该获得普利策奖的小说。但是它是个重要的例子，用来说明在那个时代，纸质书作家赖以生存的技能：写出有趣的、快节奏的流行小说。

他们知道讲故事的技巧。因为我自己也教授和研究写作技巧，所以迫不及待地总结了麦克帕特兰《大个子雷德的女儿》一书的技巧。下面是我找到的内容。

1. 正派人士想找到自己在世界中的位置

吉姆·沃克是一名老兵，他现在回到家乡，即将按照《退伍军人权利法案》（G. I. Bill）的规定去上大学。退伍老兵想要找到自己的位置——这样的视角符合战后黑色小说的主题，这是读者们永远读不够的主题。他想找一份工作。想生活下去。想找到一个女孩，和她结婚。

一本引人入胜的小说需要有一位主角，读者不仅关心他，还很支持他。即使你写的是负面人物（比如斯克鲁奇），读者也需要看到角色身上的可取之处。

吉姆·沃克并不是完美的。读者们并不在乎主角完美与否。但是因为他渴望做出正确的事情，所以我们愿意和他站在一起。

2. 麻烦从第一页开始

第一页是这样的：

他开着一辆名爵汽车——英国制造的低矮型跑车——让轮胎发出吱嘎的声音，这是驾驶跑车时不该有的行为。我听到他加油门时车轮的尖叫声，然后看见车从我身前穿过，像一只红色臭虫。我的车撞到了他的车，这只臭虫翻了过来，将他和车上的女孩扔到了街上。

我们汽车上的钢铁碰撞的那一刻，我把车拐向了右边,因此碰撞不是太严重。我快速地爬出来,怒气冲冲地走向他。

这位开名爵的"飞行员"也站起来,蓄势待发。那个女孩在他身边,整理自己的过膝长裙。在这次撞击中,没人受一点儿伤。

这是个很高很瘦的小伙子,脸色苍白,黑色的眼睛非常性感。在他的左拳打到我的脸之前,我只看到了这么多。这并不是致命一击,不是真正战士的那种坚硬的左直拳。

我看向蓝色天空的朵朵白云。我的脸麻木了;这个男孩的拳头很结实,很有劲。我试着快速翻滚——如今很流行用脚踩踏人脸。我是对的,但我动作太慢了。我看到他的脚后跟过来了,我举起了手。但是这脚后跟从我脸上荡了回去,我保持低防守姿态。

那个女孩从后面拉住了他,将他的夹克拉下宽阔的肩膀,她抬高右腿膝盖,顶住他的后背。这个女孩一定见过实战。她知道如何制止她男朋友用脚后跟将我的脸踩扁。

名爵汽车司机就是巴迪·布朗。这个女孩是怀尔德·卡尼。(这是她的真名,我太喜欢了!)吉姆马上被她吸引了——是爱情的意味。她有古铜色的金发,"看起来是那种会和胜利者而不是失败者站在一起的女孩。那些胜利者是顶级锦标赛里的顶级赢家,绝不是二流的或'几乎足够好'的人。她跟我认识的那种女孩不一样"。

这里,从一开始我们就有了暴力因素和潜在的爱情因素。主角在身体上和爱情上都易受伤。

这个规则很简单:不要预热。你要做到让读者不是出于自身的耐心而翻页,而是因为他们想看看接下来会发生什么。

3. 不可预测性

巴迪·布朗冷静下来,邀请吉姆去一所房子,在那里,其他人正在举行派对。突然间,这个叫巴迪的家伙似乎恢复正常了。吉姆跟着去了,因为吉姆想报复巴迪并让女孩离开他。

巴迪在全书中的行动是不可预测的,不仅如此,我们觉察到危险在暗涌。他就像一条蛇,看起来很友好,但可能在任何时候咬你一口。你不确定他接下来会怎么做,因为他是……

4. 可恶但迷人的坏家伙

巴迪·布朗很无情,虐待成性,但是他仍然能够吸引女士和绅士们。在聚会中,吉姆称他为"小混混",巴迪说他要因为这个称号而杀了吉姆。吉姆想要打败巴迪,却被巴迪痛打了一顿。我们感觉到，巴迪可以不假思索地杀了吉姆，但是后来他变得柔和，再次令人着迷。

在希区柯克的惊悚片中，最迷人的角色通常是坏家伙，比如《辣手摧花》(Shadow of a Doubt)里约瑟夫·科顿和《火车怪客》(Strangers on a Train)里罗伯特·沃克饰演的角色。这样的角色比单纯的恶棍有趣。这引起了……

5. 对坏人的同情

迪恩·孔茨擅长此事。你之所以会对坏人产生同情，是因为作者提供了足够的背景故事，让你能够理解这个人为什么会变坏。读者会去体验这种矛盾的感情，而不是去分析它。这是好事。毕竟，优秀的小说能够驾驭人的情感。

在某一场景中，吉姆发现巴迪喝多了，他磕磕绊绊地走着，因为他知道大个子雷德·卡尼（怀尔德的硬汉父亲）想要击倒他、杀了他或毁了他。吉姆忠于二十世纪五十年代的行为法则（清醒的人应该照顾喝醉的人），将巴迪带到一个喝咖啡的地方。巴迪吐露了一些自己的背景故事。他在纽约长大，十五岁时，他和两个朋友加入了当地的黑帮组织。

> （巴迪）看着坐在桌对面的我，他带着瘀伤的苍白的脸有些扭曲。

"米克和我，我们从家里跑出来了。那些人冲进我家里，打我父亲，逼他交代我的下落。他不知道，所以他们给了他一顿重击。他永远不能康复。他们在市中心的某个地方抓住了米克，把他带到长岛，用电线捆着他，然后烧他。你知道的，用汽油烧。他是个非常敏锐的人，舞跳得很好，当他兴致高涨时，周围总是笑声不断。他被烧死了。"

这个瘦弱的、喝醉的男孩轻声低吟着，他的眼睛离我很远，口气中带着渴望，就像他再次回到了那时候。

"我永远忘不了那一年。我藏在一个农贸市场附近，白天睡觉，晚上出来找些腐烂的水果和食物。老鼠也在晚上出来，我必须带着一根棍子和一袋石头。我那样藏了两个月。然后，市场被清理了。黑帮老大因为持械抢劫而被判入狱，其他人也忘记了这件事。但是我还记得那一年。"

突然间，巴迪变得有人情味了。他的危险性并没有降低，但是我们投入故事的情感加深了。

6. 麻烦旋涡

在开头的两章中，吉姆出了车祸，被拳头打了脸，迷上了别人的女朋友，参加了一个派对，在派对上和巴迪打架,最后被打得鼻青脸肿。

这很好地引出了吉姆接下来的生活。他在酒吧中见到巴迪,两人的对话并不友好。巴迪说:"你就是个小混混。"

"你尽管这样说我,小哥,但是你会改口的。我告诉你,我会打得你满地爬,求我放过你。爬着祈求我。你明白吗?你能想象到吗?"

"我们去小路上。"

他笑了。他的左手绕过桌子,抓住了我右手的食指,向后掰,我的手掌紧紧抵着桌子。他用右手将香烟扔向我的眼睛,我向后躲避。他仍在用左手折磨我的右手手指,他像一只猫那样迅速站起来,右手插进我的短发。他拉着我的头,我想用左手去拉他。他松开手,用右手的掌侧猛击我的喉咙,正中喉结处。

太痛苦了。我无法呼吸,动弹不得。我坐在椅子上,向前垂下头,摇摇晃晃地用肘部支撑自己。我可以看到桌面上打翻的啤酒,可以感受到自己狂乱的心跳。

没人注意到我们。这些发生在十秒钟之内。我感到虚弱,只知道绝望地挣扎,让空气通过麻木的喉咙进到肺里。

他什么都没说,直到他觉得我听得见他说话了。他说:"你或许是个好人,真正的好人,你能战胜跟你一样的人。所以你不要沮丧。你没有这个天赋，事实就是这样。五分钟后，你就可以开口讲话了。然后我们来聊聊雷德。你在哪儿见到的他，你对他了解多少。然后我们来聊聊怀尔德，聊聊她对我有多着迷。然后我们去个安静的地方，我会把你打倒，直到你爬向我。然后我会和你告别，我们的友谊也就此终结。如果你愿意，可以给我写信。"

我仍坐在椅子上，脑袋向前垂着，痛苦减轻了一点儿。

有人走向了我们这桌。"你的朋友还好吗？"听起来是亨利的声音。

"他呛着了。喝啤酒喝的。"

注意这一场景的描写。很暴力，但并不过分。麦克帕特兰让动作产生效果，让角色告诉我们感受。

7. 三角恋

三角恋发生在怀尔德、巴迪和吉姆之间。关于这一话题，让我们看看那时最好的作家是如何描写性的。这是全书中唯一写性的场景，我完全摘录如下。

我开车转向右边，沿着布满车辙的道路驶过沙丘，驶向波涛汹涌的海湾。

这是一次未知的发现。东京经历了一场台风,那些由木头和纸搭成的建筑被狂风撕扯。而这是两个人之间的台风——一个男人和一个女人,而这个女人认为自己属于另一个男人。

然后,两人开始相互了解,就像反目成仇的旧友了解对方一样。

之后,两个人都沉默了。本不该沉默的。我们现在都知道,我们理解了对方。我们之间不该是这样的沉默。最后,我重新抱住她,风暴停止了,语言也消失了。

作家根本不用描写身体器官。

8. 雄劲的文风

麦克帕特兰的文风从来不会耽误叙事。他不会强求效果,引发的情感也是自然的。在上述性场面之后,吉姆送怀尔德回家。

她打开车门,走出去。

我也走出去,我们站在一起。我把她拉向我,但是她的心和我的并不在一起。这样一个高挑的女孩在我的怀抱里,一个可爱的女孩,一个不说话的女孩,她和我之间隔着一堵冰冷的墙。

我松开怀抱，怀尔德仍站在原地，于是我亲吻她，我们紧贴着，在黑暗中感受温暖，就像要永别的恋人在告别。或许怀尔德觉得这就是永别。

亲吻结束，她仍一言不发，她走下台阶，打开房门。柔光从房门的矩形轮廓里透出来，之后她关上门。

我刚要上车时，听到了尖叫声。

你想接着读下去吗？我猜答案是肯定的。

9. 紧凑的节奏和收紧的套索

故事的情节就发生在几天内，所以叙述速度很快。任何时候你都可以给角色制造时间压力（"嘀嗒的钟表"），这是好事。而事情的赌注，如前面所说，必须是死亡。在《大个子雷德的女儿》中，死亡是身体上的死亡。主角脖子上的套索正在收紧（吉姆被控谋杀）。

在动作的中间也有情感波动。但是这些永远不会损坏故事，只会深化故事。某一时刻，吉姆进了监狱。在此，他经历了全书中最长的情感起伏。

夜晚的孤寂吞噬了我。我想到了巴迪·布朗。

今晚他们会在某处找到他。他正在山间的黑暗街道上走着。他正在床上。他与酒瓶为伴，孤独地坐在房间里。他独自坐着，大笑着，手里拿着褐色的香烟，屋里充满浓郁的烟草味。此刻，或许就在萨利纳斯的客车候车厅，一位持枪的警官正走向巴迪·布朗，有一群疲倦的士兵和墨西哥人在围观。或许在101高速路上，一辆警车正示意巴迪停车。这是夜晚的想法。跳蚤烦人地咬着我，我躺在床铺上，想到了这些。

他们找不到他。这才是夜晚的真理，是你睁着眼躺到天亮时所知道的事。或许他们会去找他，但是他们找不到他。

我在床铺上不安地扭动。

10. 荣誉

在《从创意到畅销书：修改与自我编辑》一书中，有一小节叫"秘方：荣誉"。我觉得在关键时刻，我们都倾向于在他人身上寻找荣誉，想要体面地行动。当大个子雷德·卡尼出现时，他和吉姆之间有一种荣誉共鸣，他知道吉姆不是巴迪·布朗那样的小混混。这样的共鸣建立后，读者会更加支持吉姆。

11. 共振的结局

你可能想读这本书，所以我不会透露结局。最后一章很短，完成了结局的任务，没有其他故事。没有高潮后的缓和。对这本书的价格来说，我觉得结局不错，正是我想说的"共振"。当你合上书后，你会觉得故事的结局是完美的，那种满足感在空气中绵延。

在我的故事中，我对结局投入的精力最多。我想让读者觉得这一趟旅程是值得的，直到最后一刻都是美好的。有时我会重写最后几页，写上十遍、二十遍，甚至三十遍。

上述十一条并不是写出引人入胜的小说的唯一方法，但如果你能将它们全部应用到书中，你就会收获一本引人入胜的作品。

你必须学习写作

我正满意地坐在（有绿色圆形标志和咖啡服务的）"办公室"里，此时，我听到一位卷发年轻男子说："学习写作的唯一方法就是去写！"

他的女伴虔诚地点点头，像一个疲惫的朝圣者在喜马拉雅山巅从干瘦的大师口中得知了关于宇宙的大秘密。我不敢破坏这催眠的咒语。尽管如此，我还是忍不住想滑过去，说："学习做脑部手术的唯一方法就是去做脑部手术。"

朋友们，"去写作能让你写得更好"这句话太简单了。它只说对了一部分。写作或许只会让你成为更好的打字员。

但是大部分作家想要写出其他人愿意购买的句子。那样的话，你需要的不仅仅是一个噼里啪啦响的键盘。对有事业心的作家来说，有些事情和键盘一样至关重要。

传奇篮球教练博比·奈特总是给裁判们带来折磨。他有一句充满智慧的话："练习并不能让你完美。完美的练习才能让你完美。"

这句话太对了。如果你留在肌肉记忆里的是坏习惯，那你没办法在运动中变得更强。事实上，你在破坏自己做到最好的机会。你必须学习，然后坚持写作。而且，在写作的路上，你必须一直学习。

我学习打篮球时，会确保我的投篮是基本可行的：双肘内收，手放在正确的位置，球能够完美地旋转。我成了同龄人中最好的投篮手之一，或者说，至少是塔夫脱中学历史上最好的投篮手之一。

相比之下，我喜欢和傻傻的小孩子打球，他们双肘向外，篮球侧旋，投球的动作没有经过分析或纠正。这样的篮球手永远不会成为长期的威胁。

因此，下面让我们看看和提高写作技能直接相关的事情。

通过学习如何写作来学习写作

在我还是个孩子的时候，我会通过查阅图书馆里的篮球书来学习技巧。然后我会在私家车道上练习学到的技能。我会看球员们打球，比如杰里·韦斯特和里克·巴里，观察他们的技巧。后来，我有了教练，还去过约翰·伍登的篮球训练营。我参与了无数的选拔赛，赛后都会思考我打得怎么样，我该怎样提升。

作家们通过阅读小说、学习技巧来提高写作水平，也从写作书中学习。然后，他们会练习自己学到的内容。他们从编辑那里得到指导，参加作家研讨会。作家们每天都写作，并且在写完后，他们会思考自己写得怎么样，应该怎样提升。

创造力和技巧相辅相成

有时，一些自认是作家的人总会反其道而行，说作家应该忘记规则和写作技巧，规则只会束缚你的创造力，应该烧掉所有的《作家文摘》！

这真是愚蠢的观点！

首先，他们提到规则时，仿佛那些写作技巧老师（比如你谦逊的代理人）将其视为法律。但是没有人这样做。我们讨论那些有效果的技巧，因为无数卖出去的书已反复证明了它们。即使某个技巧非常可靠，人们甚至把它称为规则，我们也允许规则被打破，只要你知道为什么打破规则，为什么这样做效果会更好。

创造力专家们应该认可的是：创造力和狂野写作（wild mind，纳塔莉·戈德堡的说法）只是整个创作过程的开始，不是结束。畅销书作家应该学会的一个技能是在合适的时机召唤缪斯，然后塑造她提供的材料，使之符合故事和市场的需求。

这也是结构之所以重要的原因。结构让读者理解故事——你知道的，读者才是掏钱的人。因此，我把结构称为"想象力的翻译软件"。结构混乱的小说中有时（大部分情况下是出于意外）会出现一本吸引批评家（但很少吸引读者）的实验性小说，但是另外百分之九十九的实验性小说都卖不出去。我知道，许多作家都想着戴个贝雷帽在星巴克里坐上一整天，将自己写下的东西公之于众，赢得大量的财富和批评家的赞誉。

这不可能发生。

同时，在这个新型的、开放的市场中，越来越多花时间学习技巧的作家们高兴地卖出了自己的作品。

热情、准确度和生产力带来写作成功

为了写出吸引人的作品，你最好注意以下三个方面：热情、准确度和生产力。

热情。找到那种你热切地想要讲述的故事。对我来说，通常是当代的悬疑故事。我喜欢阅读这类故事，因此我主要写这种。但我也相信,作家可以选择一个类型,然后学着去热爱它,就像包办婚姻中的人学着去爱对方那样。关键是要找到写作中的情感投入。但这只是第一步。

准确度。最终成功的作家能够精确地知道他们作品的市场形势。他们会花时间做市场调查。这也是过去所有纸质书作家和自由职业者谋生的方法。迪恩·孔茨曾经想成为约瑟夫·海勒那样的黑色幽默小说家。但当他写的战争闹剧销路不好时,他转换了市场方向,全身心投入惊悚小说中。在这方面,他做得非常好。

生产力。最后,畅销书作家制造了词语。这些词语不会被浪费。它们会让作家变得更好,因为作家学习了写作技能,并且在持续学习。

写作有趣的地方在于,你可以狂野地写作,进入"心流"状态。写作的工作是组织材料,使它们最大限度地和市场建立联系。

因此,写作的朋友们,不要被哄骗,以为写作就是要整天在想象力的郁金香花园里闲庭信步,用手指在键盘上记录你的天才见闻。如果你写作是为了赚钱和娱乐,那你就要聪明地下笔。

为时代而写作。为市场而编辑。

杰克·伦敦式自学

当我决定成为作家后,我就用尽全力去实现它。没有后路,不能投降。在这方面,我觉得自己就像我的一个写作偶像,他就是杰克·伦敦。

伦敦是自学式的作家,凭着钢铁般的意志和严格自律的创作赢得了胜利。他也写出了关于作家的最好的小说,几乎是自传性的《马丁·伊登》(*Martin Eden*)。书中有大量段落记录了作家的内心,也记录了年轻的伦敦艰苦自学写小说的过程。让我们看看其中的一些努力。

成功的作家不止步于阅读,他们还要学习

(马丁)这么做了还不算。读有些成名作家的作品时,他注意到他们呈现的每一个效果,并且用心地把之所以能呈现这些效果的诀窍给找出来——关于叙述、解说、文风、观点、对比、警句等方面的诀窍;他把这一切全列成了表格来研究。他并不模仿。他要探索的是原则。他把效果好而吸引人的表现手法列成表,到后来,从不少作家的作品里收集到了这一类表现手法,他终于得出了表现手法的总原则,得以设计自己的新型、独特的表现手法,并且正确地权衡、估量和评价它们。

当我开始写作旅程时，我去当地书店挑了一堆书，包括斯蒂芬·金、孔茨、格里森姆等作家的惊悚小说。我边读边做标记，在边缘处写下自己发现了什么，就技巧问题做笔记——有时写在餐巾纸或其他纸片上。我至今仍保留着这些笔记。

搜集词句范例

同样，他收集了好多有力的词句，这些词句是活生生的语言，像醋般刺鼻，像火般灼人，也可以说是光辉灿烂，在日常语言的荒漠中央显得丰腴甘美。他探索的始终是深藏在内的原则。他想弄明白这是怎么做到的；弄明白以后，他就可以自己实践了。他单单看到了"美"的姣好面目还不满足。他在这一小间拥挤不堪的寝室兼实验室里把美加以解剖，这里，一会儿是一阵阵饭菜的气味，一会儿是外边传来的席尔瓦家那帮孩子的天翻地覆的吵闹声；解剖过后，他懂得了美的肌理，他离自己创造美的日子就更近一步了。

我有一个笔记本，上面写满了好词好句。我抄写或复印了我喜欢的段落。这么做是为了在脑海中留下那些句子的声音，拓宽我的词汇范围。

你无法只通过写作来学习写作

> 他的天性是这样的：只有理解了以后，才能着手工作。他不肯两眼一抹黑地盲目行动，不肯在对自己的创作毫无意识的情况下，光靠运气和天赋来创造恰到好处的效果。他不能容忍偶然产生的效果。

这让我产生了共鸣，因为我经常听人建议说，你应该规避写作技巧，放手写吧。就像你不应该去学医，应该直接做手术。在前面的章节我说过，好的写作应该是在坚持写作的同时不断学习技巧。

小心随性写作

> 他要弄明白原理以及做法。他的天才是有意识的创造性的天才，他在动手写一篇小说或一首诗以前，这篇作品就已经生动地存在于他的头脑里，成功已经在望，抵达的办法也已经了然于心。要不然，这篇作品就注定会失败。

杰克·伦敦在开始写之前，知道自己想要什么。动笔前他已经知道情节，他用工具来拓展情节。我喜欢随性写作的人。我希望你们获得成功。但是也要小心其中的危害，要知道你的左脑也在思考，时不时听听它在说什么。

但不要阻挡灵感时刻

话说回来,关于那些轻易地出现在他头脑里的词句,他赞成偶然产生的效果,这些词句后来通过了种种美和力量的考验,全部合格,并且产生了种种惊人的不可言传的含义。他对这些词句佩服得五体投地,知道它们不是能被有意识地创造出来的。不管他怎样把美彻底地解剖,来找寻那些深藏在美里面的、使美所以为美的原则,他始终知道,藏在美的最深处的谜是他看不透的,而且没有人看透过。

有些时候,一些事情可能会"有效果",即使你不知道原因。因此,跟随它,做出尝试,让那个角色或句子成分飞离你的指尖。如果足够多的人告诉你这样不好,你就要准备好忍痛删除。我写过许多比喻,但我可爱的妻子告诉我有时这会让她更困惑,而不是受启发。在这一点上,她几乎总是对的。

拥抱奇迹

他完全明白……美之谜并不比生命之谜小——不,反而更大——他还明白美的筋络和生命的筋络是纠缠在一起的,他个人呢,仅仅是这块由阳光、星尘和奇迹交织成的不可思议的织物的一小片罢了。

马丁·伊登的故事从这里开始走向了悲剧的结尾。我想,那是因为马丁没能跟随自己对美的追求,反而屈服于尼采式的无意义虚空。这个问题最好在课堂中讨论。

让魔力在写作中保持鲜活。你不想成为一个作家吗?有时你是否会觉得,自己是由阳光、星尘和奇迹组成的?的确,有时你也会觉得自己是沥青,被码头工人踩在脚底,但你接受这一点,以此换来另一种感受,不是吗?

你是如何自学写作的?

给写作之弓准备更多的弦

我是唐纳德·韦斯特莱克(当时的笔名是理查德·斯塔克)写的帕克系列的粉丝。我看过所有版本的电影,比如李·马文参演的《步步惊魂》(*Point Blank*)、罗伯特·杜瓦尔参演的《誓不低头》(*The Outfit*),以及梅尔·吉布森参演的《危险人物》(*Payback*)。

一九九九年的《危险人物》尤其精彩。但我最近才知道,这部电影后期脱离了导演布莱恩·海尔格兰德之手。他的版本效果不好,所以电影的第三幕是在吉布森的指导下重写的。吉布森当时是制片人之一。

几年前,海尔格兰德获准将他的版本公开。我最近看了它。这个版本更黑暗,也更接近小说的感觉。然而,我觉得派拉蒙电影公司是对的。一九九九年的版本更让人满意。

我跑题了。我提到这个电影,是因为在导演的版本里,有已故的伟大的韦斯特莱克的采访,提到了理查德·斯塔克和帕克系列小说的起源。

韦斯特莱克第一年以真名出版了一本精装书。因为想要以写作为生,他觉得自己需要"弓上的另一根弦"。他决定试试平装书市场,在当时其主要对象是男性读者。

他希望这些书能够精简且暗黑。他说:"没有副词,所以是光秃秃的(stark)。"

这就是他笔名姓氏斯塔克(Stark)的来源。

理查德来自他喜欢的一个典型黑色电影的演员理查德·维德马克。

这就是理查德·斯塔克的来源。

然后,他需要给角色命名。他选择了帕克。他带着一丝苦笑说,希望自己选择的是别的名字,因为他要花大量时间来决定如何表达"帕克停下了车(Parker parked the car)"。

不管怎样,他的代理人还是将第一本书《猎人复仇》(*The Hunter*)拿给了金牌出版社,它是当时主要的纸质书出版社。他们拒绝了。所以代理人又把书拿给口袋书店。一位名叫巴克林·穆恩的编辑很喜欢这本书。

初稿的结局是，帕克进了监狱。换句话说，他没能免罪（坏人抢了他的钱，所以他把坏人杀掉了）。穆恩问韦斯特莱克是否愿意修改结局，让故事成为一个系列，还问他是否可以一年写三本书。

韦斯特莱克欣然接受了这个机会。

接下来的几年，理查德·斯塔克的作品销量开始超过唐纳德·韦斯特莱克，这让作家韦斯特莱克感到烦恼……但这让想以写作谋生的韦斯特莱克高兴。

于是，帕克成了黑色电影里最伟大的角色之一。

二〇〇八年自出版兴起时，我说过，它就像二十世纪五十年代的大众市场爆发。当时，许多文学作家用笔名写作挣到了额外的收入。比如，用笔名埃德·麦克贝恩写作的埃文·亨特或用笔名埃德加·博克斯写作的戈尔·维达尔。

因此，我们可以从过去学到经验：像韦斯特莱克那样，我们可以在写作之弓上安装多条弓弦，而自出版正好提供了这一机会。但是和韦斯特莱克以及那个时代的作家不同，我们不需要用假名。自出版物通过封面设计、书籍简介和关键词来互相区分。因此，作家可以收获不同类型的粉丝，不同种类粉丝的混合不仅是可能的，也是可行的。读者通过我的义警修女系列小说了解到我，然后去看我的历史类小说。多么神奇！

在我的写作开始得到回报时,职业作家只有一种发行渠道。但现在有三种:传统出版、自出版,以及两者的结合。

对想写作、想有所发展的各种类型作家来说,这都是好事——还能切实地带来收益。

所以,为你的写作之弓准备更多的弦吧。

▶ 关于写作之弓的练习

1. 列出你最喜欢阅读的三种类型小说。

2. 你喜欢每个类型的什么特点?那种讲故事的方式在何处吸引你?

3. 选一个你还没有深入写过的类型。写一个那种类型的场景(编造一个就行)。

4. 你是否可以将这个场景拓展成短故事(一千到六千词)?或者短篇小说(六千到一万五千词)?或者中篇小说(一万五千到四万词)?

5. 花一个月时间写一个完整的此类型作品,可以是任何长度的。如果你志向远大,可以利用十一月的全国小说写作月来完成一部五万词的小说。

让你的小说更深入

当下的好小说比以往多得多。过去二十年来,随着所有教学、研讨会和博客交流活动的展开,关心写作技巧的作家们比以往任何时候都技艺精湛,提高了整体写作水平。因此,当我去参加研讨会,看别人的初稿时,它们往往比我刚开始从业时看到的作品质量都要高。当然,总是会有那些即使连深夜时段也不适合的初稿,更不用说黄金时段了,但是我的确觉得,小说家的整体能力正在变强。

这是好事。只是还不够好。因为有这么多还不错的作品,所以作家必须找到方法来写出更不错的作品,这样才能生存。必须找到更加深入的方法。

我说的"更加深入"是对读者来说更深入。我们想要编织一个虚幻的梦,让它生动,不要让其他的事情将梦打破。这是学习技巧最主要的原因——学会发现那些"减速带",它们会让读者脱离你制造的梦,即使只有一点点脱离。

现在,人们先从感情上体会梦境,之后才会去分析它的含义。小说也是这样。我们想要读者有感情上的共鸣,当阅读结束后,感到这是一场奇妙的旅行。

因此,感情是更加深入的关键。

我在工坊中一直强调的就是"情感波动",即读者在一个场景或角色身上体会到复杂的情感，有时这些情感是相互冲突的。

这样的好处是，读者不会停下来分析这些情感。他们体会到了情感，读得越多，体会越深。这样的作品才是读者所说的了不起的或令人难忘的小说，而不仅仅是好玩。

有三种制造情感波动的方法。

冲突中的角色

让角色经历情感冲突。比如，一个男孩和一个女孩相遇了，他们互相吸引。男孩是吸血鬼。他想亲吻女孩，也想吸她的血。这一场景，你可以只强调爱意，或者只强调恐怖感。但是如果吸血的欲望和萌发的爱意势均力敌，那情感描写的深度就呈指数级增长了。

那么，如何在小说中深化情感？我在工坊中给出了下列练习。

扔出窗外的椅子

想象你的主角在一间美丽的卧室里，屋里有一扇巨大的飘窗。窗外是一座怡人的花园。钢琴旁边有一把椅子。你的主角拿起椅子，把它扔出窗外。现在，问问自己原因。什么会让你的角色这样做？这取决于你写的是怎样一种角色。这样突然的、令人震惊的举动一定有其原因。进行头脑风暴，直到想出一个能够打动你的动机。

壁橱搜查

　　警察来到角色的居住地。他们拿着一张搜查令。在角色的壁橱里，有一件她永远不想让任何人看到的东西。那是什么？那反映了她怎样的内心活动？进行头脑风暴，直到想出一个新颖的，更重要的是让人不安的物品。

好警察／坏警察

　　现在，你的角色坐在刺眼的灯光下，如二十世纪四十年代黑色电影里展现的那样。警探抽着烟，他是个粗野的家伙，正在训斥你的角色，努力让她承认什么，坦白什么。她想隐藏什么？当你发现这个东西时，这个她不愿意对任何人说的东西支撑着她做出反抗。她不会对坏警察吐露。但是，在那些灯光的照射下，她正在流汗。然后，好警察来了，他让坏警察离开房间。这个好警察和蔼可亲，能够理解你的角色，因此她信任他。现在，她开始坦白。她会对这个人说些什么？

"狄更斯"法

　　我喜欢这一条。从小说的结尾处的时间向后推二十年。如果结尾是南北战争，那就去往一八八五年。如果是发生在三一五六年的科幻故事，那就去往三一七六年。现在你要扮演记者去采访主角。如果主角在小说中死去了，那就和他的鬼魂交流。这叫作"狄更斯"法，因为你将去往未来，像斯克鲁奇那样。

带着记者的笔记本，坐下来，问主角问题，像第三章中"人物应该怎样变化"的问题：

你为什么要经历那些（小说中的事件）？
你对自己有何感想？
你对生活有何体会？
如果你可以给今天的读者捎句话，你会说什么？
如果你没有经历小说中的事件，你的生活会怎么样？
你会更喜欢那种生活吗？

"狄更斯"法可以在任何时候使用，但是首次读完初稿后提问最有效。

读者的情感波动

你可以做点儿什么来引起读者的情感波动。最有效的一个方法是，赋予恶棍值得同情的特点。前面我已经提到过，这比刻板印象，比如那些永远很坏的家伙，更有效。读者不想对恶魔感同身受，这是件好事。但是读者也不想被操控。给他们一个"圆形"的恶棍形象，你就会在读者心中引起情感波动。

神奇的是，读者不会因此讨厌你。相反，他们会觉得整个阅读体验激发了内心的某些情感。你知道他们接下来会怎么做吗？向朋友们推荐你的书！女士们、先生们，这是走上职业写作道路的一个秘诀。

作家的眼泪

罗伯特·弗罗斯特说过："没有作家的眼泪，就没有读者的眼泪。"这句话的意思很明显。亲爱的作家，除非你在写作时产生了情感波动，否则你写出的场景也很少有"波动"。当你的故事讲得好时，你会感受到明显的快乐，情感波动也是这样。

还记得《绿宝石》（Romancing the Stone）的开篇吗？爱情小说作家琼·怀尔德（凯瑟琳·特纳饰演）戴上耳机，音乐响起，她正在写小说的最后一个场景。结束后，她大哭一场。

作为一名作家，你也要流一些眼泪。但在写某个场景时，你也需要经历其他任何一种强烈的感情。

怎样才能感受到？把角色放入真正的冲突中。你进入角色的大脑中。从自己的生活出发，去体验角色正在经历的情感（这种情感小练习被演员们称为"感觉记忆"）。

一旦你感受到了，就要尽可能地写出那一场景。事实上，你要写得更夸张些。因为在修改时你可以再"拉低"感情强度。

简言之，不要满足于足够好的小说。超越那些熟悉的、简单的、不错的地方。投入情感！

随性写作的危害

有些人喜欢随性写作。而有些人只会随性写作。

随性写作的人（pantser，这个词来自惯用语 seat of the pants，意思是"只凭直觉采取行动"）在写作之前不做计划（或只有很少的计划）。他们喜欢在想象力的花园里嬉戏。他们说："我们每天都和词语恋爱。我们凭直觉做事。不要在我们的队列中加入你们的提纲！"

当然，这是写作的一种方式，无可厚非。我并不是说在任何情况下，这都是一种无效的写作方式——只要你意识到，接下来仍需要辛苦工作，将这些随性的材料整理成一本可供阅读的小说。但是对那些强调"随性写作是最好的也最容易的写作方式"的作家或老师，我要送给他们这句话：Pants on fire!（睁眼说瞎话！）

"只会随性写作的人"属于更加狂热的团体。他们想扔掉所有的结构问题，不论是开头还是结尾。他们觉得结构太形式化，有损他们的艺术感受力。他们站在桌子上大叫："去掉这些年来教育带给我们的枷锁！扔掉技巧！我们是真正的作家！我们嘲笑你们这些被结构禁锢的奴隶！加入我们吧！"

所以，让我们坦诚地聊一聊随性写作。

在《说谎者的圣经》(*The Liar's Bible*)一书中，劳伦斯·布洛克回忆了他写伯尼·罗登巴尔系列其中一本时的经历。劳伦斯写作时没有列提纲，甚至没有想法，然后，有一天他检查初稿时发现：

> 我有事件，有情节元素，有寻找故事的角色。但尽管所有的事情都在小说中进行着，我却一点儿也不清楚到底发生了什么。为什么一个叫安德多克的男人要诱使伯尼夸赞他的图书馆？尸体裤腿上的金毛猎犬的毛有何意义？伯尼在克罗尔公寓遇到的年轻女人是谁？她跟事件有什么关系？谁偷了卡罗琳的猫？怎么偷的？为什么偷？在安德多克的公寓被偷走的那幅蒙德里安的画，和伯尼将要从休利特博物馆偷走的那幅蒙德里安的画有什么关联（安德多克要用画来赎猫）？如果我不能回答这些问题，那谁能呢？如果没人能够回答，我怎么继续写这本书呢？
>
> ……我坚持了一段时间，告诉自己"相信过程"，觉

得自己就像用祷告治疗阑尾炎的基督教科学派教徒。然后，在写满了一百七十五页，只剩下最多七十五页来给故事收尾时，我停下笔，举手投降。吃午饭。

所有随性写作的人都会遇到这样的问题。他们必须蹚进空话连篇的浑水中，去找出什么是好的，什么是坏的，什么合适，什么不合适，以及故事要走向何方，怎样发展。但如果他们听到的是"忘记结构"，那他们就像乘着漏船迷失在大海中，没有可以用的导航工具。

有时我必须烧掉我的救生艇，靠救生衣活下来。

我曾给《纽约时报》最畅销的一位作家当顾问。她很喜欢我，因为她是《这样写出好故事》的粉丝。她想请我帮她敲定一个小说立意。这本书的写作过程让她很痛苦。故事结构散乱，但她必须按时交给出版社。

所以我们坐下来，花了三个小时来解决问题。她懂得什么是结构，所以这个任务对我来说不难。她学过、用过结构方面的知识。她了解结构。

所以我帮她推动主角跨过第一道"不归之门"，以更有力的方式进入第二幕。针对那个不起作用的次要情节，我们深入探讨里面的角色和动机，最后解决了问题。

并且，因为这是系列故事的第一本，所以我们规划后续作品时，将重要情节植入了这本书中。

她的书出版了，而且登上了《纽约时报》畅销书排行榜。

在那之后，我又见了另一位新手作家。他是随性写作的类型，他也展现出了这一点。他一页页地写，想象力飞驰着……但他离题了。想法从他脑海中涌现，但是他不知该怎么办，不知如何将想法变成一个连贯的故事。当我们坐下时，他带着明显的沮丧说："我知道我可以写，但是我不知道这个故事将怎么发展！"

所以，按照我说的"路标场景"，我带领他解决了一些关键问题。这些场景对你的故事至关重要，写作时（即使是随性写作）你应该朝它们前进。当我用几个"如果……会怎么样"激发他后，他开始明白了。他开始看到整个情节的结构在脑海中铺陈。他很激动。他可以感受到结构带给他的力量和方向，他现在知道如何写出与情节有机统一的场景了。他不再仅是随性写作了。

我不是要你停止初稿中随性写作的方式。我是说，有时你必须面对结构问题。因为如果没有结构，你只能写出卖不掉的作品，除非意外发生。（有时意外的确会发生，但那绝不是成为职业作家的方法。）

的确，有些作家说他们根本不需要考虑结构问题，他们也确实做得很好。我只相信其中百分之十的人。我相信这百分之十是幸运的人。他们能够凭直觉写出一本好小说，甚至可能初稿已足够好（你可以因为这一点而记恨李查德）。但是结构一直在小说中，即使你不去计划它。那些作家骨子里带着结构。

但是大多数作家都需要学习并运用结构和写作技巧。我想讲一个悲伤的故事，那人是一位极有天赋的作家（他写的句子非常好），他计划写一套三本的惊悚小说系列。第一本出版后，收益惨淡，所以大型出版社只能让剩下的两本"死于襁褓"。

我读了第一本书，为那位作家感到可惜，因为他的结构太乱了。他犯了一些明显的技巧性错误，使得第一幕很无聊（这是在惊悚小说中需要避免的问题）。我希望我可以是他的编辑，因为只需要一点儿帮助，很多问题就可以避免。

这是所有问题的关键：你必须让你最初的声音、视野、文风、趣味角色、爱和激情以一种结构严谨的方式组合起来，让读者感受到你想传达的感觉。

这就是结构技巧的内容。它不是为了束缚你，艺术家们。它是为了解放你的故事，让读者能够欣赏小说。

因此，尽情按照你喜欢的方式随性书写你的初稿吧。但在那之后，穿上你的工作服，拿出工具，开始调整结构。

你或许想忽略这个建议。你或许想在"占领故事公园"支一个帐篷，蓄起胡子，对来往的行人大声责骂。但你要明白：这些行人中的有些人会成为懂结构的作家，他们正走在去银行取钱的路上。

首先当一个讲故事的人

我曾在加利福尼亚大学圣巴巴拉分校上学，那里有全国最好的电影学习课程，而且是在美国电影的黄金时代。二十世纪七十年代见证了许多优秀独立电影和导演的大爆发，其中大多数导演都被大型工作室选中了。我们电影专业的学生有机会和振奋人心的新导演交流，比如马丁·斯科塞斯、罗伯特·奥尔特曼、莉娜·韦特米勒和阿兰·鲁道夫。

但同时，在那段时间，很多过去的大导演也仍活跃着，所以他们也会来参观。我有机会和电影大师聊天，比如金·维多、鲁本·马穆利安，以及我最喜欢的导演之一，弗兰克·卡普拉。我也见到了传奇的电影摄影师黄宗霑。那真是激动人心的年代！

那时候的电影学习非常推崇"作者论"，这个理论是由法国批评家们提出的。它鼓励导演在其电影中展现独特的风格。你总是可以分辨威尔斯、希区柯克、约瑟夫·冯·斯登堡、卓别林、基顿和其他人的电影。视觉和主题的一致性是导演的标志。

然而，这些年来，我开始欣赏一位通常在大师名单之外的导演。我觉得他算得上顶级人物，而原因正是推崇"作者论"的人无法认同的。他之所以优秀，仅仅是因为他或许是当时最会讲故事的人。

威廉·惠勒是一位拒绝被归于任一流派（通常是"作者论"的要求）的电影导演。他所做的就是讲述一个又一个让人沉醉的故事。如果你退一步，看看他的作品，你将感到不可思议。这里只是他的一部分作品：《孔雀夫人》(Dodsworth)、《红衫泪痕》(Jezebel)、《呼啸山庄》(Wuthering Heights)、《小狐狸》(The Little Foxes)、《忠勇之家》(Mrs. Miniver)、《女继承人》(The Heiress)。全都是经典。但是，请看看他还导演了什么。

一部伟大的西部片，《锦绣大地》(The Big Country)；一部伟大的音乐电影，《妙女郎》(Funny Girl)；最伟大的《圣经》史诗，《宾虚》(Ben-Hur)；爱情电影《罗马假日》(Roman Holiday)；悬疑电影《危急时刻》(The Desperate Hours)；美国乡村电影《四海一家》(Friendly Persuasion)。

中途，惠勒还拍摄了我认为是美国有史以来最伟大的电影《黄金时代》(The Best Years of Our Lives)。我最近又和家人一起看了一遍，再一次被震撼。经典电影的标志是，每看一遍，它都变得更好。《黄金时代》就是这样的电影。

那么，惠勒的秘诀是什么？他并没有过分追求摄影技巧（现在的许多电影制作者会从中获益）。为什么不呢？因为他不想妨碍故事发展。你在惠勒电影中看到的是对剧本的尊重，对演员的极佳控制力，还有为了讲故事而拍摄的镜头，而不是为了展示他是一个多么伟大的导演——即使是这样，那些画面也让他成了伟大的导演。

作家们可以从中学到什么？那些真正引人注意的人，不论是在传统时代、独立时代，还是在"混合"时代，都是讲故事的人。如果必须在一本文字优美但故事无聊的小说和一本情节刺激但写作水平刚刚够用的小说之间做选择，我永远会选择后者。

真正让我震撼的是好情节加上约翰·D.麦克唐纳所说的"不唐突的诗意"风格。在我看来，威廉·惠勒的电影就是这样的。

首先，讲一个好故事。给读者无法拒绝的人物，即使是坏人也行。给读者"死亡赌注"。给读者跌宕起伏的情节。给读者热烈的感情。

不要过分强调文风，应该为故事而激动。这才是"声音"的关键，这个问题一直以来让人迷惑。如果读者和你一样为故事而激动，你就成功了。你改变了铃声，抓住了终点线的铜环，在芬威球场的左外场墙"绿色怪物"上打出了大满贯。

如果你从未看过《黄金时代》，去找光盘或下载下来，花三个小时的时间专心地观看它。你会惊叹于威廉·惠勒讲故事的才华。

故事，就是故事！

在一篇介绍斯蒂芬·金的《守夜》(Night Shift)的文章中，约翰·D.麦克唐纳介绍了成为一名成功的作家的条件。勤奋、热爱词语、有同情心是三个重要因素。但在总结最重要的因素时，他说："故事，就是故事！"

什么是故事？麦克唐纳说，故事就是"我们所关心的人身上正在发生的事"。

"正在发生的事"是情节得以生根的土壤，情节在此之上被浇灌，被收割，供读者们消费。如果没有"正在发生的事"，阅读体验很快就会成为一块干巴巴的饼干，没有黄油或者蜂蜜。

当然，有些读者喜欢干饼干，但这样的人不多。

麦克唐纳提醒我们，如果没有"正在发生的事"，你根本就没有故事。你拥有的只是一些单词，它们或许会飞翔，但最终只会让人沮丧，而不会提供娱乐。

当我思考麦克唐纳的文章时，恰好读到了一封有趣的信，是写给詹姆斯·乔伊斯的有关《尤利西斯》(Ulysses)的信。我觉得它有趣是因为写这封信的人和乔伊斯一样出色，他就是卡尔·荣格，二十世纪心理学领域的巨人。

下面是荣格写给乔伊斯的信的一部分：

> 我有一个叔叔，他的想法总是直中要害。有一天，他在街上拦住我，问我："你知道恶魔如何折磨地狱里的灵魂吗？"我说不知道，他说："让他们不断地等待。"然后他就走了。这样的体验我在第一次读《尤利西斯》时就感受到了。每个句子都引发一个期待，却从不完成期待；最后，你放弃了，所以不再期待任何事。然后，一点点地，让人惊奇的是，你会发现乔伊斯的话真的是一针见血。事实就是，没有发生什么事，也没有什么结果，但有一种隐秘的期待和绝望的挣扎吸引读者一页页读下去……你读啊读，假装自己看得懂。有时候你会突然坠入另一个句子中，可是当绝望到了某种程度，你就会让自己适应一切。因此，在读前一百三十五页的时候，我心中充满绝望，睡着了两次……没有迎合读者的内容，所有的内容都远离读者，让读者在其后目瞪口呆。这本书总是让人不得要领，也不满足于自身的讽刺、嘲笑、恶毒、轻蔑、悲伤、绝望和苦涩……

我不是研究乔伊斯的学者，我确定有些《尤利西斯》的支持者想要和荣格争辩，想把荣格踢回他的本我中，但我认为荣格说出了那些试图阅读这本书的大部分人的感受，他们感到"没有迎合读者的内容"。

对于珍妮弗·安妮斯顿主演的电影《蛋糕》（Cake），我也有同样的感受。当那年的奥斯卡提名出来时，据说安妮斯顿因为未被提名而感到"受冷落"。我完全同意。安妮斯顿在这部电影中的表演非常出色。

然而，我觉得投票者的疑问是，这个电影更像是一系列不连贯的场景，没有构成统一的三段式故事。结果就是，尽管安妮斯顿演得很好，但大概三十分钟之后，影片开始变得无聊。好表演不足以产生好故事，就像好句子本身不足以产生好小说。

几年前，有一位写作导师开办了广受欢迎的工坊，教学生解放思维，让词语流淌。工坊办得很顺利，因为老师没有提及一点儿关于情节和结构的事。后来，这位老师写了一本小说。读者们期待很高，但是最终它却受到了批评家和读者的差评，其中包括我。和我预料的一样，书中有许多优美的、抒情的段落，但是情节不够吸引人。没有"我们所关心的人身上正在发生的事"。

当然，当优美的句子遇上吸引人的角色，并且二者以合理的结构配合起来，那你就获得了一切有利条件。但是对故事来说，句子应为辅，而不是为主。

我建议大家做一个练习。观看《卡萨布兰卡》。每十分钟左右暂停一下电影，问自己：

1. 发生了什么事？
2. 我为什么会关心里克？（他做了什么事让我觉得他是一个值得关注的角色？）
3. 我为什么还想继续看？

你可以用这种方式来分析任何书或电影，这很有益，值得去做。

并且，考虑用电脑打出这样的标语：故事，就是故事！

写作中的爱、失去和情感

她的名字叫苏珊，当时我们正在上三年级。我在操场上第一次见到她。她有一头接近白色的金发，眼睛蓝得像上帝的透写台上的一片天空。

她看向我，我觉得胸口发烫。

还记得《教父》中，迈克尔·柯里昂躲在西西里时，第一次见到阿波洛尼亚的场景吗？他的两个朋友注意到他的表情，对他说："我觉得你被雷击中了！"

当这样的事情发生在八岁时，我们没有合适的比喻，但那种感觉就是"被雷击中了"。一见钟情!

我记得那天剩下的时间里我感受到的疼痛。我的生活改变了,它被划分成两个阶段(我必须承认那段时间并没有很长):认识苏珊之前和认识苏珊之后。

现在该怎么办?没有体会过爱情的我不知道接下来该怎么做。爱情怎么会有结果呢?我还是个拿着妈妈做好的午餐去上学的孩子,一周的零花钱才二十五美分。

我和埃罗尔·弗林一起看过《罗宾汉历险记》(The Adventures of Robin Hood)。他顺藤爬上梅德·玛丽安的阳台。我可以采取这个计划吗?在加利福尼亚州的伍德兰希尔斯的郊区,所有的房子基本上都只有一层。所以阳台计划是行不通的。

我也看过一九三八年版的《汤姆·索亚历险记》(The Adventures of Tom Sawyer)——我的大多数生活经验都来自电影和经典名著漫画——并倾心于汤姆对贝姬·撒切尔的爱情。汤姆做了什么来打动贝姬?他炫耀自己。

这就是我的答案,我要在苏珊面前炫耀自己。

我擅长什么?踢球。运动员式的英勇将助我赢得苏珊的心。因此,在操场上,当我要踢球时,我就大声喊叫。苏珊经常在附近玩四方块游戏。

我们时不时地会目光接触。那些时候,我就会愚蠢地把球踢到围栏上。

但是我仍然很害羞,不敢直接和她讲话,意思是我不知道该说什么。想看我的棒球卡吗,宝贝?中午和我一起吃吉露果子冻怎么样?嘿,那个医务室很棒,不是吗?

在困惑中,尽管我想着苏珊想了好几周,但我从未和她说过话。似乎她也没觉得有什么不好。但是她知道我喜欢她。校园里的谣言传播系统迅速启动。这让我更加尴尬了。

我想过逃跑,加入马戏团,但我的父母不同意。

有一天,在各种因素的作用下,时机成熟了。

放学了,孩子们都走向大门,准备走回家或等人来接。我通常走前门,苏珊走后门。这一天,我加入了她的队伍,快走几步,走到她身边。我的心脏跳动着,说了些话,比如"你好"。我记得她没说话,但是突然间我发现我们肩并肩,一起沿着街道往下走。

我说起我们的老师麦克马洪。他个子很高,仪表堂堂,对三年级的学生来说有些刻薄(所以在走廊或者操场的安全地带,我们都小声叫他"麦克怪兽老师")。

苏珊什么也没说,我更有自信了。或许,只是或许,她对我说的感兴趣。或许,只是或许,我由衷期待着,她也喜欢我。

所有的炫耀都要开始有效果了!

然后,出现了那种你永远无法忘记的时刻,它印在你的记忆中,带着灼热的、让人窒息的温度。苏珊转过脸来,第一次对我说话。她说:"我和你一起走着并不代表你是我男朋友。"

她就是那样说"男朋友"这个词的。带有一丝愚弄,或许还有一点儿嘲笑。如果能找到地缝,我就钻进去了。我希望地下能有一只巨大的啮齿类动物把我吞掉,结束我的屈辱。

这些事发生在五十年之前,然而我仍然可以看到它,听见它,感受到它,就像上周才发生似的。

这不正是我们成为作家的原因吗?创造这样深刻的感受,生动地、充满感情地呈现生活的某些时刻,让其他人也能感受它们。以有意义的方式分享我们过去的经历,比如初恋。我们永远无法忘记它。第一次被拒绝的经历永远不会消逝。

我希望我的小说能为读者创造难忘的时刻,帮助他们走过这荒唐的人生,即使是很小的帮助也好。即使"只是娱乐",我觉得这也是我们需要的东西。迪恩·孔茨在《如何写畅销小说》中写道:"在这个充满痛苦、恐惧和残忍的世界,能为人提供几小时的逃避之所是件高尚的事。"逃避的方法就是创造出真实、生动,甚至足以改变生命的情感时刻。通过追溯我们自己的情感时刻,我们将它们写进小说里,以达到虚构的目的。

因此，苏珊是我成为现在的我的部分原因，也是我写作的一部分。

苏珊，我的初恋，不论你在哪儿，我都要谢谢你。或许我不是你的男朋友，但你教会了我爱情是什么，失恋的感觉是什么。我可以利用它们。生活处处是素材！

我希望你一切都好。我希望你已经找到了真爱和永恒之爱，像我一样。我想让你知道，我对你没有恶意。

但请你永远记住：我仍是你见过的踢球最棒的人。

▶ 爱与失去的练习

1. 详细地写下你生命中的一次重要的恋爱和失恋。
2. 在你的主角心中植入相似的情感。
3. 写下让你感受深刻的其他情感，将它们作为未来写作的素材。

写你的真理

一九五〇年的一个寒冷的夜晚，一位年轻演员得到机会在艺人工作室表演，就在传奇人物李·斯特拉斯伯格面前。这是纽约的所有积极进取的演员的殿堂。要得到一个表演机会并不容易，更不用说被邀请了。

这场戏要求这位年轻演员演一位死于坏疽的军人。当表演结束后，斯特拉斯伯格告诉他，他没有充分刻画一位死于坏疽的人的痛苦。

这位演员打断了他。他说，是斯特拉斯伯格搞错了。这位演员在二战期间当过水兵，见过死于坏疽的士兵。他知道，在最后阶段，病人根本感觉不到疼痛。

在整个班级面前遭到反驳，斯特拉斯伯格大怒，让这位演员离开，再也不要回来。在气冲冲离去之前，这位演员只留下了两个字的退场台词。

这位年轻演员的名字是李·马文。从那一刻起，他会用内心的真理支撑自己的表演事业。他内心有一座火山。

在成长过程中，马文患有注意力缺失症和失语症，而那个年代没有人知道如何处理这些。更多的规约就是唯一的药方。难怪马文讨厌上学，不断地惹麻烦。他总是在打架。青少年时期，他的父母在绝望中把他送到一所寄宿学校。他的舍友将垃圾扔出窗外。马文告诉他，这么做很傻，舍友就骂他。马文回忆说："我说，你再这样骂我我就把你扔出窗外。他又一次骂我，我就真的把他扔了出去。所以，学校把我开除了。"

由于如此频繁地打架，十七岁的李·马文在珍珠港事件后加入海军，说起来也就不足为奇了。

这个选择很适合他，他经过严格训练，最终被选中参加南太平洋的行动。但是他看到的并不是电影中经常描绘的战争的光荣，他看到的是足以改变人生的恐怖。作为一名狙击兵，他杀了很多人。他也参与过白刃战，机械枪被摧毁，好几次差点儿被杀死。当一位日本士兵拿着刺刀逼向他时，马文把刺刀抢了过来，"用整个枪筒"刺向日本兵……

塞班岛的一场激战造成了马文所在军队百分之八十的伤亡。马文也受伤了，被送往医院。那时他才二十一岁。

战争结束后，马文得了创伤后应激障碍，他酗酒，余生的每天都要抽四包烟。

但是那个时代的美国男人应该在生活中"战斗下去"，马文也是这样做的。和很多归来的老兵一样，他很难找到工作。他挖过水沟，手动加工过管道螺纹，也一直在喝酒。

然后，一九四六年的一个早晨，马文发现自己喝醉了，睡在了纽约伍德斯托克的一个公园里。一位红十字会的护士叫醒他，开始跟他介绍社会服务。接下来，他得知自己被列入市政府给予当地红十字会的津贴项目中，项目的名字正好叫"在酒吧间的十个夜晚"。

他抓住了表演的机会。他和当时的大多数演员一样，在纽约的街头奔走。他找到了一些工作，痛斥了斯特拉斯伯格，然后前往好莱坞，因为听说那里可以挣钱。他开始演一些小角色，然后参演了早期的《法网》（*Dragnet*）系列。警察电影的明星和制作人杰克·韦布对马文的表演印象深刻,他保证好莱坞的重要人物都能看到马文的表演。

马文的突破性角色是拉里·万斯,是弗里茨·朗执导的《大内幕》(*The Big Heat*)中的一个铁腕角色。在一个名留影史的惊险时刻,拉里对女朋友(格洛丽亚·格雷厄姆饰演)大怒。她一直在对一名警察说话。他朝她脸上泼了一杯滚烫的咖啡。在那之后,马文成了严肃电影的演员,偶尔客串一些喜剧。

他出演了一档电视连续剧《M 分队》(*M Squad*)。这么做是为了赚钱,也是为了提高知名度。但是他并不喜欢这个电视剧。后来他说:"从创造力上来讲,演员在电视剧里会受限制。媒体善于推广产品,卖出产品是它们的目标……但我对推广产品不感兴趣;我感兴趣的是李·马文作为一个演员,将会去向何方。"

作为作家,我们也应该问自己同样的问题。我们是只想推出产品,还是有自己想去的地方?我们想要的是明哲保身吗?我们是否有热切追求的真理?

当马文扮演《女贼金丝猫》(*Cat Ballou*)中的醉汉枪手时,没人想过这部电影或那个角色会有这么好的效果。但是它令所有人惊讶,马文歇斯底里的表演(考虑到现实中他与酒精的抗衡)使他赢得了当年的奥斯卡最佳男主。

相应地,这一奖项使马文位列明星演员之中。在那之后，他演了一些标志性角色，包括《十二金刚》(*The Dirty Dozen*)里强硬的市长和《步步惊魂》里一心只想复仇的冷酷小偷。

但我最喜欢的是马文在被低估的西部片《侠胆神枪》(*Monte Walsh*)中的表演。那是一场挽歌式的悼念，悼念一位在衰落的西部不愿放弃的牛仔。在某种程度上，这部电影总结了马文的一生。有一幕，沃尔什被邀请参演《狂野西部秀》，但是他必须穿上华丽的衣服，装出一副做作的样子。尽管这份工作能给他带来金钱、舒适和安全感，但他拒绝了，他说："我不能对自己的生活不敬。"

沃尔什的生活中有目标，有愿意为之战斗的真理。

当你把那样的品质投入艺术中——表演、写作、绘画、音乐——你就不仅仅是在推出产品。

你想成为哪种艺术家？

第七章　高效写作

要想成为一个成功的作家，并且过上健康的写作生活，其中一件事就是要学会高效写作。学会管理时间，找出那些可能会影响写作的事，然后深吸一口气，不去做那些事！这一章提到了许多这样的事。

取悦读者

"我已经写了十九年了。之所以能够成功，或许是因为我总是觉得自己仍不懂写作。我只是想努力讲一个有趣的故事。"

在一九三〇年的《作家文摘》的一篇文章中，埃德加·赖斯·巴勒斯如是说。这引起了我的共鸣，因为我读到的第一本"真正"的书就是《人猿泰山》。我仍记得那种被故事牢牢抓住的感觉，它就是不放我走。当我放下书时，我知道，有朝一日，我也想做这样的事，也想写出一本从头到尾紧紧抓住读者的书。

我甚至还记得，我被深深地带入故事中，以至于抛开了其他的一切——去外面玩，看电视，骑车去糖果店——因为只有这样我才能读完那本书！

有言道："这才是娱乐！"但你总会发现一些关于"娱乐"或"商业"小说与"文学"小说或"艺术"的优劣的讨论。我发现这些讨论越来越无关痛痒。

狄更斯、大仲马、陀思妥耶夫斯基，都为普罗大众写出了伟大的艺术作品。菲茨杰拉德和托马斯·沃尔夫也肯定想要更大的读者群。在纸质书时代，钱德勒、哈米特和多萝西·休斯都拥有一定的读者，但他们也关注破旧的街道和人类的境遇。

这些作家都想获得经济上的回报。能言善辩的塞缪尔·约翰逊说过："要不是为了钱，只有榆木脑袋才会写作。"

当然，在边缘人群中，有些独来独往的艺术家并不在乎别人怎么想。所以，除了特殊情况，他们只能写出卖不掉的实验性作品。

与此相对，有些作家专门"写"色情文学（这的确存在），并且发现人们愿意为之花钱。

处在这两种情况之间的是那些想要取悦读者的作家。对一些人来说，让人感到愉悦就足够了。也有一些人想要提高文风或主题的价值，这是好事。还有一些人想要跨越类型限制，进行创新。我尤其喜欢这样的。

你要讲一个伟大的故事，不论是什么类型或风格的。这是读者应得的奖励。正如巴勒斯在那篇文章中总结的：

> 我认为，给那些买我书的人展示我最好的一面，是我的责任。我不幻想给他们多少文学价值，但只要给了他们我能力范围之内最好的东西，我就满足了。

➢ 关于娱乐性的练习

1. 写出你作为作家的观点。你想要写什么？你想要市场如何评价你的产出？
2. 你对"商业"小说怎么看？有没有阻止你取悦读者的障碍？障碍来自哪里？
3. 你怎样用自己的作品来最好地服务读者？请解释说明。

小说中最大的危险

在我写作的此刻，一档电视节目就要下架了。我知道，这件事不值得上头条。这种事时常发生。只不过，这一次下架的是我想加入的电视系列节目，因为我很喜欢以前的主演。

节目一开始获得的评价还不错,但后来逐渐降低。我就是那些不再看好的人之一。从第四季之后,我就不再看了。

这个节目拥有独特的设定、一群好看的演员、一项正在进行的犯罪调查。那么问题出在哪里?

我来告诉你:我不关心任何一个角色的命运。

我不在乎谁要去追捕谁。我不关心谁和谁恋爱。我不在意谁赚了钱,谁丢了钱;不在意谁富有谁贫穷,谁陷入绝望或谁坠入爱河。

表面来看,这个节目拥有"一切"——这肯定让互联网惊叹。它拥有光芒四射的元素,有健硕男子的照片,有女性的半裸照,有明星。但是经历了四季每集一小时的故事之后,我没有和任何角色产生共鸣。

亲爱的读者,这就是你的小说中最大的危险。

你必须让读者和角色产生共鸣——并且从一开始就要产生共鸣。

怎样做?你要知道,从本质上来说这取决于两点,它们是……稍等……情节和角色。

哇,大地在震动!

但这两点常常被忽略,因为作家容易顾此失彼。

单靠角色并不奏效。否则,我或许能够多读二十页的

《笨伯联盟》(A Confederacy of Dunces)——我试了三次,但没能读下去。

单靠情节也不奏效,因为事件必须和读者关心的角色相关联。

尽管职业小说家会采用很多技巧,来创造一个读者关心的角色,但现在,我只想提出一个强有力的问题,以此来检验你的所有主要角色。

你必须做好准备,因为这是一个不能被轻易忽略的问题。

因此,找个舒服的地方。我喜欢坐在当地咖啡馆的角落里。

准备好一个笔记本。

花十分钟来想点儿什么,只要不是你的小说就行。观察人群,读点儿新闻或博客。

然后,将自己(尽可能地)转换成一个完全客观的读者,假装正在考虑购买你的书。

问题来了:如果我正在参加聚会,某人给我讲起一个角色的性格和经历,我愿意花两个小时来听这个故事吗?

不要对自己手软。写下你想继续听下去的原因。如果没有,你就有事可做了。

如果有人讲到一个自私轻浮的南方美女,我不愿和这个角色多待两秒钟。但如果别人告诉我,在南北战争前后,这个南方美女是唯一有勇气和毅力挽救自己家族的人，那我就愿意继续听。

如果有人讲到一个来自贫穷家庭的没有自信的联邦调查局实习生，我可能会有一点儿兴趣。但如果她是整个调查局里唯一能让那个邪恶至极又聪明过人的杀人犯开口讲话的人，那我就会被整个故事深深吸引。

惊险的故事随处可见。但如果是菲力普·马洛在讲述，我就想花两个小时听他描述事情的波澜起伏。

> 那是一个金发美女，足以让主教踢碎彩色花窗的美女。

> 她冲我微笑，我从裤子口袋里都能感受到。

> 那天夜里，狂风呼啸，十分荒凉。干热的圣塔安娜风从山口吹来，卷起人们的头发，让人神经紧张，皮肤发痒。在那样的夜晚，每一次宴会狂欢都在打骂中结束。温顺的妻子们轻抚着锋利的刀尖，研究着丈夫们的脖子。

你有自己的任务。如果作为一个陌生人，你愿意被迫听自己笔下的主人公的故事吗？

如果不愿意，就努力让自己愿意。

如果愿意，就让自己更加愿意！

写作十诫

唐纳德·基奥曾是可口可乐的二把手,他享年八十八岁。有一段时间发生了"可乐大战"。当可口可乐在世界范围内拓展疆土时,百事可乐赢得了年轻一代的心,基奥的工作是反击来自百事的挑战。

基奥也是历史上最大的产品决策失误之一的责任人。

最初的可口可乐(至少在去掉可卡因之后)是最好喝的可乐。可口可乐如果是明星舞蹈家弗雷德·阿斯泰尔,那百事可乐只能算是职业舞蹈家。可口可乐要是电影演员斯宾塞·屈赛,那百事可乐就只是学校剧目《我们的小镇》(*Our Town*)中的表演者。

但出于某些不可知的原因——或许是因为顾问费用太高——基奥决定改变配方,新版可口可乐也由此诞生。他们声势浩大地推出了新产品,而全国的消费者对此的反应是集体给出差评。

顾客的反感如此强烈,以至于十周后,可口可乐购回了原来的配方,称之为"经典可口可乐"。

然后销量大增。关于可口可乐的争议成了全民新闻,可口可乐获得了无价的公众宣传。

愤世嫉俗的人认为整件事都是有预谋的。如果真是这样,那太成功了。但基奥说:"我们没有那么蠢,也没有那么聪明。"

后来,基奥略带自贬地写了一本书《管理十诫》(*The Ten Commandments for Business Failure*)。我认为它们对作家也同样适用,尤其是现在的自出版已成为作家的商业选择。让我们一起看看。

1. 不愿意冒风险

躺在已有的功劳簿上。总是在重复老一套。或许对一些传统出版作家和畅销书作家来说,这样是有用的,但对那些想要精进技巧、不断提高的真正的作家来说,冒风险应是计划之一。在角色设定、情节、文风和主题上冒险。相应地,风险也会给写作带来刺激。你知道吗?读者可以感受到你的激动。这会让你的写作更具吸引力。

2. 冥顽不化

基奥写道:"灵活性是指审时度势时的一种持续的、深思熟虑的过程,并且当条件允许时,迅速适应新环境。"当下,每一个作家,不论采用怎样的出版方式(传统出版或自出版),都必须明白市场、销售渠道以及质量提升的进程和变化。

3. 自绝于人

商业成功意味着和职员以及顾客保持良好的联系。一个好经理是那种四处走动，了解公司内部和外部情况的人。

写作的工作本质决定了作家大部分时间都在独处，但作家需要知道如何吸引粉丝团、经营公众媒体、扩大社交圈。如果是和传统出版社合作，就要学会维护与日渐焦虑的出版社人员的关系。

4. 认为自己不会犯错

你想输掉游戏？那就愤愤不平，推卸责任吧。从你参加的批评小组开始，告诉他们你已经忘记了写作的事，而且远远超乎他们的想象。拒绝编辑的批注。当自己的书卖不出去时，大声抱怨市场。拒不承认你有需要改正的缺点，除此之外什么都别做。

5. 漠视行业道德

基奥的意思是，即使是小谎言也会让你付出代价。这些年，我们已经看到了很多因抄袭葬送了写作生涯的例子。信任是随着时间逐步建立起来的，但信任也可以在一瞬间崩塌。问问布莱恩·威廉姆斯就知道了。

6. 不愿思考

商场上有句话，"数据引领决策"。你必须停下那些不能带来利益的事，多做一些有利的事——因此传统出版公司放弃了那些销量不好的作家。如果你是已被抛弃的销量一般的作家，或许是时候考虑转向自出版了。

我经营一家小公司时，每周都会花时间去"思考、规划和学习"。我将学到的知识付诸实践。我不再做那些不值得消耗时间和精力的事。

7. 完全信任专家和顾问

作家需要对自己的职业负责，不论他们站在出版紫禁城的哪一边。你不能只是把所有东西都交给代理人或出版商。你必须知道要问什么问题，要拒绝什么条款。比如，你必须知道如何限制竞业禁止条款，以有意义且公正的方式界定"脱销"（提示：应取决于版税，而不是销售量）。

如果你选择自出版，那么最坏的方式是拿出几千美元出书，再拿出几千美元让别人"售卖"你的书。你必须知道如何售卖。很多书籍、博客等资源能教给你自出版的基础知识。

8. 官僚主义

商场中，公司越大越不容易运转。在过去的几年里，传统出版公司已经面临了这样的问题。为什么最近才有问题？因为当电子出版在二〇〇八年到二〇〇九年兴起时，大型出版公司认为这只是昙花一现，不必担忧。他们有自己的舒适的官僚系统。

现在，我们看到紫禁城里正在经历各种变化：削减编辑人数，和亚马逊争斗，设立直接面对消费者的项目。这是一段艰难的转型期。

另外，独立作家可以快速发展，也可以依赖没有任何实质性作用的官僚系统。举个例子，如果你将百分之八十的时间花在社交媒体上，剩下的百分之二十用于写作，那你就是在退步。

9. 信息错位

在商场中人们会说："主要任务就是让主要任务凸显出来。"作为一名作家，你的主要任务就是讲好故事。如果你还想当一个不良博主或政客的代言人，你要知道，读者会有不同的反应。如果这不足以困扰你，那好吧。你心里明白就行。

我认为自己首先是一个作家，其次才是一名写作教师。我在写作、社交媒体和博客中的所作所为，都符合这两点。这不代表我不会在本书中分享一些日常观点，但大部分内容都要和以上两点吻合。

10. 惧怕未来

这是个大问题。一百五十年来，出版业都是以同一个模式运行。它有一套固定的销售系统，和许多书店进行合作。突然间，这些都改变了，让代理人、编辑和以销量为根本的作家开始疑惑，事情究竟会怎样发展。对此，我的看法是：没人知道。

成功的作家仍在写作，不让焦虑冰冻自己的手指。不断地写，不断变得更好。

基奥以一条附赠的戒律结束了他的书：

11. 丧失对工作和生活的热情

你必须找到在写作生涯中保持愉悦的方法。这并不意味着生活中总会有独角兽和彩虹。大部分时候，写作和生活中充满了沥青坑和舌蝇。但内心对所做之事的热爱和对未来的希望，会让你保持燃烧状态。

当火苗开始减弱时，花几天放松一下，重新整理，重新思考，重新阅读。从书架（也可以是电子书架）上拿几本你最爱的书，重读几章。重新被伟大的故事吸引。然后你就会跃跃欲试，想要重回键盘旁。

因此，我的要求是：写出最好的场景。写完后，给自己倒一杯可口可乐——真正的可口可乐。在千载难逢的时刻，卡路里也不会伤害你！

高效作家的十个特点

管理学专家喜欢列出成功的领导、企业家甚至公司的特点，这些特点是经过时间考验后的智慧。同样，通过几年的作家研讨会和工坊，我也找出了高效作家的一些特点。下面是前十个特点。

1. 欲望

如果你想成为一名作家——我说的"成为"是指获得一定的成功，包括经济收入和令人满意的作品——你必须燃起欲望。不是温和的欲望。正如菲利斯·惠特尼所说："你必须足够渴望。足够承受所有的拒绝，足够承担学习中经历的失望和绝望。和其他艺术家一样，你必须提高自己的技巧——然后就可以尽情发挥你的天赋。"

你能否想象不写作的人生？如果可以，就不要写。

劳伦斯·布洛克说过："如果你想写小说，那最好服用两片阿司匹林，在一间黑暗的房间中躺下来，等待写作的欲望过去。如果它持续存在，或许你就应该写小说。"

检验你的勇气、决心和头脑。如果它们三者都让你去写作，那就去写。

2. 坚持

你姐夫让你放弃写作，因为你不适合当作家。他说：

"作家太多了,你成功的概率和你成为贾斯汀·比伯出狱演唱会开场嘉宾的概率一样。"你要请他走开,十年后再来检验。

不要放弃。在前十年非常容易放弃。

——安德烈·迪比

3. 自律

好,你有写作的欲望。我有和同事打篮球的欲望。所以我不能坐在啤酒罐上整日痛饮,然后在训练的第一天才出现。我必须放弃一些事情,每天努力练习。

有一条准则凌驾于所有规则之上,就像《魔戒》(The Lord of the Rings)里那些毛茸茸的小家伙的戒指。你的最高准则是:产出词语。

我谈论的是定量写作。

你不能逃避它。

近年来,我听到了一些反对的声音。"你不用坚持定量写作。这太麻烦了。这会榨干你的生活。毕竟,你是艺术家。你不必遵守纪律!只要去爱!"

是的,爱。就像你想和梦中的女孩约会,但你不想洗澡、洗衣服,不想清理你的公寓。这就是爱!

听着,即使你没有意识到,写作上的自律仍是职业作家的标志。职业作家是指那些能靠作品获得收益的人。如果你想赚钱,就要产出词语。

这就是我在工坊中给出的建议。

查看你的每周日程表。看看你必须花多长时间来写作,计算出平均一周可以较为舒适地写出多少字。

然后,提高百分之十。你必须竭尽所能。

这就是你每周的写作额度。

将这些额度分配到每一天中,计算出每天的单词量。如果你错失了一天,也不要懊恼。找一天再补上。

在电子表格中记录你的每日写作量。调整表格,增加每日和每周的字数。

我是认真的。十多年来,我一直是这样做的。我可以告诉你任何一个项目、任何一天或任何一年的写作量。我可以告诉你我平均每年写了多少。

每周休息一天。这是写作的安息日。即使是上帝,也会有一天休息。这样可以给你充电,而电量正是你每周写作所需要的。

4. 学习技巧

我也听到了一些尖锐的反对意见,他们认为不需要学习(的确,有些人还说无法学习)写作技巧。他们不喜欢规则。他们宁愿和无法保持定量写作的作家闲逛,假装作品会自然而然地产生,就像勘探石油那样(当然,他们不去钻孔)。

有人讨厌任何人提起规则的事。不仅是对于艺术家!他们拉起手来,放声高歌:"我们是反叛者!我们生来自由!就像海里的鱼!"

这样的作家曾被称为"未出版者"。现在,有了自出版之后,他们有了新名字"未售出者"。

我追逐着写作的成功,像一个贫穷的人拿着锄头,只有一次挖到黄金的机会。每天我都努力地追逐。我之所以这么做,是因为多年前有人告诉我,写作是无法学习的,作家都是天生的。我相信了这句话,直到我忍不住来试一试。

我上过法学院,学到了集中学习的方法。我决心阅读书籍,上课,告诉那些否定者:我可以。

我向《作家文摘》投稿,每月阅读拉里·布洛克的小说专栏,将之奉为圭臬。

我加入《作家文摘》的书籍俱乐部,建立自己的图书馆。我读书,标出重要的书,然后在最重要的地方做笔记。

然后我将学到的内容投入实践。我将自己写的东西拿给信任的人看,听他们的建议,然后回来思考如何修改。

这是我几乎每一天都做的事。

并且,这是很有趣的事。学着在所爱之事上有所提升,这绝不是负担。

5. 坚硬的外壳

过去（指二〇〇七年以前），作家们的确只有一种成功的方式：说服一个出版商来给你钱，然后为他们写作，创造利益，这样出版商才能在此基础上给你一部分收益。

而说服出版商这么做的唯一方法，通常是找一个代理人。

这就让你有可能两次都被拒绝。

首先是代理人的拒绝，然后是出版商的拒绝。

假设你穿过了那个灌木丛，然后你就要面对评论家的拒绝，然后是读者的拒绝。

如果读者拒绝了你的书，出版商就会拒绝你的下一本书，代理人的热情就会消减，甚至拒绝再寄出你的作品。

每一次拒绝都像射中心口的箭。

因此，作家们必须有坚硬的外壳。小说家奥克塔维亚·巴特勒说得很好："让拒绝伤害你半小时，不能再多了。然后回到文字处理器前。"

现在，你可以避开所有传统的拒绝。这就是自出版，下一章我会讲到。

6. 设置目标

真正的目标是那些可以为之采取行动的目标。"我想成为《纽约时报》畅销书作家"，这并不是目标，而是梦想。

你不能按下开关就让梦想实现。你能做的是能让你成为更好的作家的那些事。你可以决定每天用三十分钟学习写作技巧，用一个小时构思写作项目。最重要的是，你可以决定每天写多少字。这是你可以衡量和掌控的事。

7. 寻找导师

导师可以是真人，也可以是书籍。我将拉里·布洛克看作导师，即使他并没有亲自指导我。为什么？因为我虔诚地阅读他每月的《作家文摘》专栏，感到每次他都在和我协商。他有能力进入作家的心，我的心。我试着学习他的写作技巧，至少以相同的方式写我的小说。

我们有许多好编辑，他们能够提供指导（通常要付费，如果编辑比较可靠，这个钱是值得花的）。一个好的批评伙伴也可以担此重任。

8. 保持乐观

一篇有关富有人士成功习惯的文章表示，那些人通常拥有积极的人生态度，他们保持乐观，身心愉悦，对生活充满感激。一些具体的发现如下：

94%的人拥有乐观和快乐的人生观

98%的人相信无限可能性与机会

94% 的人喜欢自己的职业

作家们也应该对自己的写作能力表示感激，感激出版的机会。而且，不要诋毁其他作家。相信你有无限的选择。滋养那让你走向写作的热爱之情。

9. 跟踪进度

上面提到的文章还发现，富有的人会细致地记录自己做了什么：

67% 的人每天会写"必须要做的事"
94% 的人会每月管理银行账户
57% 的人会计算消耗的卡路里
62% 的人会设定目标，跟踪记录自己的执行情况

还记得我用电子表格记录每日写作进度的事吗？自二〇〇一年起我就一直这样做——你也应该这样。这可以让你知道你在每个写作项目上每天、每周、每月、每年的具体写作量。

我会给写作项目排出优先级，然后就可以知道自己每天要写哪个项目。

然而，我不计算卡路里。我认为，吃健康食品并不能

让你活得更久，只是看起来会那样。（免责声明：这是个玩笑。我不是医生，在电视上也没有扮演过医生。）

10. 和同道中人协商

每天花三十分钟和其他作家培养关系。这意味着互相当参谋、提建议，或者仅仅是作为陪伴。如果你们建立并培养了关系，很有可能做到互惠互利，成为彼此值得信任的、有价值的支持者。

大多数作家会给人鼓励。你可以找到他们常去的地方，或者从博客的互动开始。加入当地的协作小组，比如美国悬疑作家小组。参加一个好的作家研讨会。

系统性地让自己远离生活的酸涩。

一起玩耍，写作，评估，衡量，学习，纠正——然后寻找更多的乐趣，坚持写作，永不言弃。这就是成功的方法。

二十一个管理时间的有效工具

1. 规划每周日程

时间管理的第一条规则就是，你必须提前做计划。最好的方式是做周计划。

我喜欢在周日花点儿时间看看下周的日历，第一件事是标出有事要做的时间。可以是工作上的、家庭上的事，也可以是其他任何事情。

一旦标出那些时间之后，我就能根据任务优先级自由支配剩下的时间（见下一条）。这或许要花五分钟，因为我已经知道了必须完成的任务。

2. 为任务设定优先级

在列表中写下所有你想做和必须做的事，尽可能多地写下你想到的事。

然后你要将这些事分成三类。

首先是必须做的事。你必须完成这些事才能实现你的目标，更好地完成工作。在每件事后面标注 A。

然后，找寻那些你想完成的重要的事。用 B 来标示。

最后，选出那些可以等等再做的事。用 C 来标示。

接着，按照每个字母组，给任务制定优先级。比如，最重要的 A 组任务标注为 A-1；其次是 A-2。

B 组和 C 组也这样做。

在每一个任务后写下时间值。如果你的 A-1 任务是周五的一份报告，而且你知道要花两个小时，那就写上 2。我会把字母写在开头，将时间值写在最后，像这样：

A-1 完成牙线供应的报告。2

A-2 开始寻找牙线供应的新资源。1.5

一旦你习惯了这个过程，它就会变得很简单，带来的好处也立竿见影。你不必猜测每周的日程或明天的任务。所有计划都做好了。

给自己留点儿余地。如果出现了紧急任务，在表格上找到合适的位置，写下它，调整其他任务。

每周做一个新表，去掉那些不再适用的任务，加上新任务。

3. 利用每天的黄金时段

每个人都有黄金时段。在那一小时里，你会感到充满创造力、活力，思维敏捷，精神饱满。许多人的黄金时段在早晨。对我来说，每天喝完第一杯咖啡后的半小时是我的黄金时段。我喜欢早起，当天未亮时，为我仍在酣睡的妻子准备一杯咖啡。然后我端起自己的那一杯，走向电脑。

因为我是一个作家，所以写下词语是首要任务。我把要做的事称为"精巧350"，意思是在起身做其他事之前，尽可能快地写下三百五十个词。因为我每天、每周都有要完成的定量写作，这样会让日子过得更平稳。

找出你自己最喜欢的时段。或许是晚上，在孩子们都睡了之后。或许是中午在星巴克里，浓咖啡开始生效时。

不论是什么时间，下决心好好利用。沉下心来，努力工作。不要看手机或邮箱。不要浏览推特或脸书。不要点击游戏的"开始"键。不要收金币。

这一个小时能做的事或许比其他三个小时加起来的都多。

4. 一次只做一件事

不要多任务同时进行，全神贯注于手头上的任务。

你要努力达到的是一种"心流"状态，正如心理学家米哈里·契克森米哈赖在其同名书里说的那样。这是一种深入的、沉浸式的专注。这时候，你的心灵和创造力都处于最佳状态。你可以感受到时间好像加快了，或者很快就过去了。

这种状态的另一种说法是"在区内"。只有专注于一件事才能达到这种状态。

5. 稍做休息

你不可能永远高效专注于某件事。研究表明，集中精力五十分钟，然后休息十分钟，这样效率可以得到优化。我喜欢摊开脚躺在地上，让血液流入我超负荷工作的脑袋里。十分钟后，我就站起来，完成更多的工作。

如果你工作的地方也像电影《上班一条虫》(*Office*

Space）里那样，有一个伦伯格看着你，那你需要找到放松大脑的方式。

这并不难。

在椅子上坐直，闭上眼睛，进行五次长长的、缓慢的呼吸。做的时候，倒数五个数。然后缓慢地睁开眼睛，再一次进行深呼吸。如果你可以戴耳机，可以听些轻音乐或古典乐（或海洋的声音），就这样听几分钟。想象你正坐在一个美丽的海滩上，仿佛闻到了防晒霜的味道，感受到了徐徐清风。

而且，要充分利用午餐时间。不要在办公桌旁吃饭。

> 终其一生，我们都在匆匆忙忙地试图留住时间，然后花费半生来思考用这些时间干些什么。
> ——威尔·罗杰斯

6. 每周花一天时间进行真正的休息

每周用一天来进行创造性的休闲活动。读书。学习新事物。从伟大课程（The Great Courses，优秀的资源！）里学点儿什么。同时也要用一部分时间闲逛。我们住在这样一个快节奏的世界，有可能每秒都有一些活动要做，几乎没人提及停工。我们可能正在发推特或脸书，发短信，玩《愤怒的小鸟》或其他任何游戏。如果你不能学会每周远离这样的噪音一会儿，你就会更加疲惫，对生活感到不满。而其他人又必须忍受你。所以，去闲逛吧。

7. 用提要订阅器来快速浏览相关材料

与其一一浏览每个网站，不如创建一个提要订阅器来查看你选中的内容。

我用的是 Feedly.com。它是免费的，而且方便注册。Feedly 会让你选择一些有影响力的博客和文章，然后给你推送可供浏览的摘要。如果你觉得有价值，可以继续阅读详情。

如果你订阅了纸质杂志或时事通讯，就要快速地浏览内容，选出想阅读的文章。记得把那些留给停工期，比如排队的时候。然后将剩下的杂志扔到垃圾桶里。

8. 留出处理邮件和社交媒体的时间

不要随意浏览邮箱和社交媒体。制定时间，不然它们会榨干你的时间。

9. 让地下室的男孩每晚工作

斯蒂芬·金作为有史以来最畅销和最高产的作家之一，曾用"地下室的男孩"来形容潜意识。他喜欢他们每天早晨给他运输材料。养成每晚睡前问自己一个问题的习惯。

更好的方法是在纸上写下问题。确保有一个方便的平板和笔，当晚上醒来时可以用来记录你的想法；或者用平板和手机录音（如果你的书写很乱，或者你午夜时分写下的笔记就像挪威情报局的密码）。

早上醒来时，尽快坐下，记下你想到的一切。或许大部分材料都无法使用，也或许有一些金砖等着你去挖掘，而其他方法都无法找到它们。

10. 学会有效地打盹儿

每天的僵尸时刻，也就是下午两点到四点，我都会打盹儿。我把脚放在桌子上，躺下，然后睡十五到二十分钟。就是这样。你也可以学着这样做。要入睡会花一点儿时间，但你的身体很快就会合作，快速地将你带入梦中，在规定的时间里唤醒你。小憩之后，我能获得比晚上效率更高的一个半小时。

打盹儿之后，喝一大杯水，搭配葡萄干吃一些扁桃仁、胡桃仁。相信你会发现，这会给你带来能量和创造力。

11. 每天问自己，现在的时间最适合做什么

在日常工作中，时不时停下来问问自己，你所做的事是否充分利用了时间。可能是的。但也有可能，你正在花时间做一些无法获得相应回报的事。

这并不意味着你必须采用恒定的行为模式。有时，休息一下才是最好的时间使用方式。

但是，通过问自己这个问题，并且花大概三十秒来自我剖析，你会有所收获，提高生产力。

12. 让电视成为你的奴隶，而不是相反

用数字视频录像机录下新闻，这样你就可以快速看完，而不用看直播。体育比赛也是一样的，这样你就可以在中场休息或广告时间快进。看看你能省去多少看电视的时间。

> 时间飞驰如箭。果蝇喜欢香蕉。（Time flies like an arrow. Fruit flies like a banana.）
>
> ——格劳乔·马克斯

13. 在重要里程碑处奖励自己

当我写完初稿后，我喜欢休息一整天，放空自己。我喜欢洛杉矶的二手书书店，所以我会从那里开始，浏览书架，选出我遗失的那本康奈尔·伍尔里奇的书，或者挑选一本二十世纪五十年代的精装原版书。我也可能去公园或沙滩，拉出一把椅子，开始阅读。当天晚上，我会带妻子去我们最喜欢的地方吃晚餐。你只需要享受旅程，否则还有什么意义呢？

14. 午饭少吃一点儿，下午就不会疲惫

沙拉。金枪鱼。鸡肉。水果。这些不会让你的大脑进入睡眠状态。

多喝水。你也不必淹死自己。每天一千四百多毫升似乎是标准饮水量。根据健康医疗网所说，含有咖啡因的饮品也算数，比如咖啡和茶。远离含糖饮料。

15. 学会速读非虚构书籍

学会速读非虚构书籍能够节省时间，提高理解力。速读表示大体浏览书籍，从章节标题、简介和结论部分开始。然后，快速浏览书籍的章节内容，看开头段、标题或最后的章节总结（如果有）。掌握了整本书的总体脉络之后，列出你想要获得解答的核心问题。有策略地读书，解决这些问题。你很少需要从头到尾逐字逐句地阅读非虚构作品。比如，你想了解安德鲁·杰克逊如何对待美洲原住民，以及他如何改变了总统制，就可以快速浏览或跳过传记中不相关的内容。

16. 在"等待"时间一定要读点儿什么

你可以用智能手机读电子书，也可以随身携带一本纸质书。

科学中的伟大时刻：爱因斯坦发现，时间就是金钱。

——加里·拉森《远端》(*The Far Side*) 漫画配文

17. 掌握二八定律

帕累托法则：百分之八十的收益来自百分之二十的付出；或者反过来说，百分之二十的行动决定了百分之八十的结果。例如，你的必做清单上有十件事，其中只有两件是最重要的。

找出它们，然后优先完成。

18. 多多授权

如果能让别人来帮你做一些底层任务，即使要花一点儿钱，你也要找别人做。越来越多的作家会使用线上助手（在家工作的自由职业者）来帮助他们处理社交媒体、浏览邮件、跟踪销售数据、制订计划等。将你的时间节省下来，用在最重要的事情上。

19. 每次只处理一封信

不论是纸质的信还是电子邮件，一次只处理一封。如果不需要回复，那就不要回复。

20. 学习"掠夺"时间的艺术

你可以高效地利用"无用"时间。在车里，与其总是听音乐，不如听些自学课程。去看医生时，带上一个写作计划。飞往某地时，用百分之八十的飞行时间做一些有用的事，而不是玩游戏或看电影。

长途飞行中，我总是会带点儿需要编辑的文字，带点儿可供阅读的东西，带着电脑。我会选一个靠窗的位置，这样邻座上厕所的时候我不必站起来。

21. 找到人生的更高意义

生活不只跟你一个人有关。生活中充满关系，给予会让世界变得更好。世界上最快乐的人是那些能够给予的人。你要成为其中之一。

> 我们来到世上是为了善待他人。别人为什么而来，我不知道。
>
> ——W.H. 奥登

保持灵感

我很擅长捕捉灵感。我的意思是，不要坐等灵感来启发你或者缪斯来引诱你。记住杰克·伦敦的话："你不能等待灵感。你必须带着棍子去追捕它。"

要想成为一名职业作家,让别人买你的书,靠写作维持生计,你就不能坐等灵感。你承担不起。你必须建立工作、精力和专注力的系统。

前面我提到了每周定量写作。我相信,遵从这条规则让我实现了如今写作上的成功。它比所有规则都有效。但我也有不想写的时候。作家们都是这样。我们心中也有潮起潮落。

从运动员到商人,任何职业的人都会遇到这些倦怠的日子。这时,灵感非常重要。有人可能觉得我说得太励志了,但我不在乎。当我是个运动员时,我会坐在更衣室里,分析自己的心理。我们知道,这就是为什么克努特·罗克尼可以成为如此传奇的橄榄球教练。他有激发球员潜力的能力,尤其是当他要求他们走出去为里根总统赢得这场比赛的时候。

收集那些可以启发你的作品。当大脑疲惫或失望时,寻求它们的帮助。

然后,当你感受到思维的火花时,写下来。这是最重要的部分。

马上写下来。

罗宾·威廉姆斯在《死亡诗社》(*Dead Poets Society*)中对学生们说要"抓住当下",我据此仿写了一句话,送给你们,那就是:抓住键盘!

打破瓶颈的小窍门

所有作家都会在某些时刻遇到瓶颈。虽有不同的程度,但只要你有应对策略,瓶颈就不足以致命。下面是我喜欢的一些方法。

重新兴奋起来

重新阅读喜欢的小说片段,总是能让我再度开始写作。看一段雷蒙德·钱德勒、迈克尔·康奈利、斯蒂芬·金或查尔斯·狄更斯的书,用不了多久我就会慢慢复活,重新开始写作。我们成为作家,是因为我们喜欢某些书带给我们的情感体验。因此,你要重新创造那些感受。重读一些心头之爱,你很快就会想重新提笔。

词典游戏

拿一本词典,真正的纸质版词典,翻到任意一页。看着左页,选出你看到的第一个名词。那个名词对你作家的脑子意味着什么?它带来了怎样的画面?你能否将想象到的画面融入正在写的场景中?这个技巧会带给你新方向,让你重新开始写作。你会对它的效果大吃一惊。

听大作家的话

这是我从惊悚小说作家大卫·莫瑞尔那里学到的技巧。想象你最爱的作家,不论其是否在世,想象他来到了丛林中的小木屋,而你正在那里为作品停滞不前。当你睡觉时,他拿起书来读了读。当你醒来时,发现一杯热气腾腾的咖啡正等着你,你最爱的作家准备好为你提供一些反馈和修改意见。可能只是头脑里的微调,但它打开了新的神经元突触,创造了有趣的期待。

换个地方

有时你需要的就是改变场景,让你的大脑重新工作。去一个陌生的地方。记下你观察到的事。进行写作练习,将你观察到的事融入新场景中。最后你会想回到主要写作项目中。

躺下来

躺在地上,把脚放在椅子上。完全放松。深呼吸几次。不要想你的书。每次吸气时,在大脑中想象一个记分牌,上面有一个巨大的电子钟。记分牌上一开始的数字是五十。每吸气一次,数字减一。倒数到零。同时,血液也流回了你的大脑,所有的垃圾已排出。

这个练习不仅会带给你活力，还会让创造力奔腾。是丹·布朗让这个练习流行起来的。在写作的间隙，他会倒立。你不必这样做，除非你想做。

走动一下

运动总能帮到我。从写作中抽身出来，歇口气，去散步或骑单车。或者可以做三十秒蹲起，休息三十秒，然后再做三十秒。重复三到四次。现在你的心脏重新充满血液，想法也喷涌而出。

三万词一停

在初稿中，有时我会在写到三万词时碰壁。我不知道原因，但我听其他作家说过类似的经历。或许是因为，你已经写完了激动人心的第一幕，正要进入第二幕，然后你发现还有很多内容要写。或许那一刻你经历了信心危机。

不论原因是什么，我喜欢后退一步，确保基本故事结构是合理的，确保角色都在施展最大的能力。

作家瓶颈再也不能打败你。你可以捉弄它，踢它，跨越它。只要记住一句话：放手写吧！

第八章　了解出版和销售

出版业和以往不同了。想要成为一个成功的作家吗？现在，赚钱的地方不再局限于纽约了。你完全有机会开创自己的天地。下面就是打磨武器的方法。

降伏残酷的出版现实

为什么明星扑克玩家菲尔·艾维每年都没能进入世界扑克大赛的总决赛？事实上，他为什么从来没有赢过主赛事？按照综合扑克技能来说，每个游戏观众都将艾维列为心中的顶尖选手。他在很多锦标赛中获胜，但在那个终极大赛中从未赢过。

这是因为，扑克不仅仅是关乎技巧的比赛。你还要得到好牌。当你把所有王牌都押上了，却发现来自霍博肯的对手最后抽到了绝杀牌。

因此，扑克比赛是技巧和运气的综合比赛。其实生活中几乎所有事情都是这样。

当然,提高技巧能够提高成功的概率。就像有人说过:"越努力,越幸运。"

在写作中,尤其是在目前的写作市场中,你会听到很多关于运气、出版社的"残酷现实"的话。不论你选择自出版,还是传统出版(大型、中型、小型出版社),或者两种方式一起进行,要想打破僵局,大获丰收,都是很难的。

如果这就是现实,对策是什么?如果一个想开公司的人向你咨询,你也会给出同样的答案。你真的想这么做吗?你愿意面对现实,做出调整吗?即使这件事只能让你勉强糊口,你也愿意为它付出热情吗(例如,开一家独立书店)?

是吗?你会继续写作,即使事情并不顺利?那好。

降低期待值

伟大的宗教和各种哲学流派都告诉我们,不快乐主要来自未被满足的期待。期待能够在你脑中形成图像,比如,看到你的电子书荣登 Kindle 前一百名或诸如此类的事情。当事实并不如此时,你的大脑会分泌化学物质,让你感到很不悦。

是的,你需要制定目标、拥有梦想,但要明白,你不能将自己的快乐建立在它们的实现上。正如吉卜林所写的:

"如果你能做梦,并且不被梦想奴役……"

保持职业道德

得到反馈。阅读有关写作的文章和书籍。不断学习。尝试新事物。用短篇进行实验。或许你能发现一种你和读者都喜欢的新类型。至少,你能够练习技巧。在写作的前十年,迪恩·孔茨只是一个普通的作家。但是他非常高产,并且一直在学习写作技巧。当他有意训练自己的人物塑造能力时——在《低语》(*Whispers*)中,他达到了另一个境界。并且,他经历了好几次类似的跳跃。

保持快乐

通常,多管齐下能够提高你成功的概率。知道如何让叙述声音放松就是其中之一。当你发现写作的乐趣时,你的声音就会自动放松。按这种方式写作,也会产生更多的乐趣。不妨试着从中发现乐趣。

控制抱怨

我前面说过,如果你被出版商或代理人拒绝,让伤痛只停留半小时,然后就重回键盘。对自出版的人来说也是这样。你最近的发行量深陷泥潭?好吧,向某人发发牢骚,抱怨几句,然后就要回去,继续为下一个写作项目努力。

余生都要坚持写作

如果你热爱写作，为什么会停下？如果写作不能让你维持生计，那就尽你所能，凭着热爱写下去。保持日常工作，找出"定量写作最佳点"，也就是你每天能写的字数，坚持下去。

成功来自坚持、产量和质量提升。这是自伊莱·惠特尼的成功以来的商业成功公式。（你知道吗？轧花机没有让他变富有，是几年后的步枪让他暴富的。）

让自出版界的成功人物休·豪伊来结束本节（摘自KBoards.com 上的评论）：

> 这就引出了接下来冗长的胡说八道：时间是成功的因素。非常重要的因素。这场（自出版行业）革新只是刚刚开始。好运气、坏运气都需要时间来衡量。如果所有事情都做对了，你的作品可能在十年后大获成功。谁知道呢？我们接触自出版的时间还不够长。我觉得要说自出版没用都太早了。我只用记住，自己在三年内写了七本小说，它们在亚马逊商店的排名在第 335204 名到第 1302490 名之间。我不在乎。我只是不停地写。我读了阿曼达·霍金的故事，觉得太棒了！然后我继续写。我给自己的期限是写到四十岁。在关心是否有钱付账单之前，我必须先发表二十部作品。即使没有完成，我也可以把

这个目标当作借口，一直说下去。没有人可以把写作从我身上拿走。而且，我已经卖出了一些书，也听到人们说他们喜欢我的书。我还记得这些仍是空想的日子。

▶ 关于现实的练习

1. 你知道期待和目标的区别吗？

2. 梦想应该激励你，但当梦想成为期待，它们就会减弱力量。写下你的梦想。写下你将要采取的每个行动（在你能力范围之内的）。将这些行动变成目标。

3. 降低期待。每实现一个目标，庆祝一下。然后进行下一行动。

4. 记住：每天做一点儿事（可以是写作、学习、交稿、出版），离目标更近一点儿，这就是胜利。

自出版的短期课程

自出版领域的革新已经激发了一系列的建议、方法论、博文、评论等。下面是我总结的一些重要内容。你若想开始自出版并借此走向成功，这些是你必须知道的。

你必须像出版商那样思考

超级成功的印度作家贝拉·安德烈在采访中说过："我有经济学的背景，所以我一直是企业家思维。这是我的主场。一个懂得如何经营商业的人，对于建立品牌、进行营销，同时保持创作这件事，真的很享受。"

如果你学着像出版商一样思考，你也会发现自己的主场。

出版社主要有三大功能：采购、生产、营销。出版商做的每一件事都是为了这三件事。

你也必须这样思考。

采购

在出版社里，每周会议被称作"出版董事会"，参会人员通常有编辑部、销售部的代表及出版人。会议中，编辑会展示他们认为公司应该买下并推广的图书项目。

编辑必须说服销售，让他们相信这本书能给公司带来足够的利润，相信这个作家值得投资。

编辑总是想找到"新鲜的声音"。销售团队总想找到商业可行性。

因此，针对自己的写作计划，像一个出版商那样思考，意味着你要考虑两件事：你的声音和卖点。

生产

当一本书投入生产时，出版公司会做一系列的事。你也要这样做。

其中包括印刷纸质版。你在准备印刷版本时，也要进行质量控制。我选择的是亚马逊的按需打印服务 CreateSpace，感觉很好。

其他作者也会选择和印刷公司 Lightning Source 合作。

不论采用哪种方式，你需要有一份看起来很专业的版面和封面设计。对此，我强烈建议你聘用专业人士来帮忙。但你也可以通过阅读书籍设计者网站（thebookdesigner.com）上的文章，自学一些重要的概念。

营销

最后，是每本书的营销计划。请往下看。

你必须写出能力范围内最好的书

这意味着不仅要写作，你还要培养自己成为一名作家。你应该在学习技巧的同时，坚持写作。参见第六章学习技巧的相关内容。

你的作品必须有质量控制

博恩·崔西说过："最高质量的公司是那些能赢得最大

利益的公司。他们代表着未来的最大机会。"

记住，这是经商，你需要检验书籍出版的核心质量因素。

对自出版来说，它们是：

1. 你的写作
2. 编辑
3. 封面设计
4. 营销文案
5. 格式
6. 分销渠道

有些作家只想写作。高科技的东西让他们感到无聊。

这也可以。你可以找人来完成每个环节。利用谷歌，或者最好通过别人推荐，找到自由职业者，建立一个可以信赖的团队。

关于一站式服务，可以看下书宝宝（BookBaby）。这种服务会按照付款额将你的电子书分发给各种在线零售商。这样你就不必为了和零售商合作、上传图书而建立自己的账户。

一站式服务的好处是，你不需要考虑分销细节。你有一个固定的站点，它们来进行分销、收钱，然后支付给你。

相对而言,你失去了一些灵活性。比如,如果你想改变图书价格,或许需要花费几周时间。

虽然我更喜欢自出版作家建立自己的出版合作团队,但最终决定权在你。这并不难做。可以将 LegalZoom.com 作为起点。在这个网站里,你可以和大型零售商直接联系。

你必须制定营销方案

关于营销策略,大量的书籍、博文、文章和顾问给出了无穷无尽的建议。所有信息可能都会让人感到迷惑。哪种策略最有效?我应该将时间投入到哪里?我怎样一边营销,一边写作?我应该怎样定价?

但你必须考虑这些问题。你必须完成一份书面计划,然后以此来获得良好的投资回报率。

首先要提高写作技巧。你的目标是成为写作大师。代理人唐纳德·马斯说过:"你最好的广告就在上一本书的封面里。"

这也意味着,你必须靠多本书来积蓄力量。

你要建立一个网站,让读者能够注册,以获取他们的邮箱。你的所有电子书后面都要附上这个注册链接。利用 MailChimp 或 Vertical Response 这类公司的服务来存储邮箱列表,生成注册链接。

当你的作品已经投放到市场并得到了一些评论时(以

二十条评论为基准），你可以付费安排一些促销活动。这要求你在一段时间内把书降价出售。

目前市场上最大的服务商是BookBub，其他的还有BookGorilla和eBookSoda等。付费推广总是值得的，即使无法在第一时间获得收益。因为这是在为读者付费，一部分读者将成为你的回头客。

其他销售策略包括博客推广，邀请别人在博客上写评论，建立动态的亚马逊作者主页，或者在当地活动上推广。但这些都不如读者的口耳相传，因为只有喜欢你作品的人才会这么做。

关于社交媒体，你要记住，那里有真实的互动和社团。你通过社交媒体与读者建立信任。当你写出一本书时，你当然可以提到它，只要你没有强迫你的粉丝来买书就行。

关于定价

首先，为书籍定价是一项策略；其次，它关乎你的最终收益。

如果你是新手，你想要吸引眼球，那么其中一个策略是，给小说定价为九十九美分，这样能降低人们的试错风险。你也可以免费分发此书。一个方法是和Kindle精选项目合作，亚马逊会要求九十天的独家合作。

哪种定价是最好的，这点我们无从知道。每本书也不尽相同。

你必须做出尝试，每周跟踪记录你的销量。

余生你必须不断重复

自出版是批量交易。你产出的好作品越多，发展就越好。

怎样才算好？

这因人而异。但如果你想成为顶尖作家，我们前面提到的贝拉·安德烈就是其中之一。二〇一〇年，她还是一个依靠传统出版的浪漫小说类型作家。她给两个出版社写了八本书，但是收益都算不上好。

然后自出版来了。在一个朋友的建议下，安德烈决定试一试。

她上传了第一本电子书《爱我》(Love Me)，定价为三点九九美元。一个月内，她赚了两万美元，这比她签过的出版合同的金额要高出三倍。几个月后，她又上传了另一本电子书，这本书成了第一本登上亚马逊畅销书榜前二十五名的自出版书籍。

在正确的地点、正确的时间，安德烈创造了正确的作品（浪漫小说），拥有正确的职业道德。在二〇一〇到二〇一四年间，安德烈发表了三十本电子书。三十本！她赚了多少钱？她能说的就是有"八位数"。

记住，这是顶尖作家的情况，但这至少表明：如果你坚持再坚持，并且最重要的是，如果你写得好，也有机会像她一样收获满满。

位列贝拉·安德烈和休·豪伊之后的作家中，有越来越多的人正以作家的身份赚得不错的收益。

很多人靠写作赚了钱，辞掉了他们的日常工作。

除此之外，还有更多的人用稿费来支付汽车账单、贷款，以及孩子的教育费用。

成为自出版作家的一个好处在于，没有人能够阻止你。

你必须不断前进，不断尝试，不断变得更好。你不必坐下来听某些人告诉你，你没有能力，你应该放弃，你应该把梦想留给其他人。只要你有了键盘和想象力，你就不必承受那些话。

这样一来，你就永远不会被打败。

你是一名真正的作家吗？

那就继续写吧。

不要停下。

永远不要。

策略性地使用短篇小说

自出版这个新世界让人们想起纸质杂志的黄金时代。

在二十世纪二十年代到五十年代，作家们可以通过写短篇故事和中篇小说获得不错的收入，价格高达一个词一美分。

后来，在二十世纪五十年代，纸质书大众市场的发展为积极进取的作家提供了另一条赚钱途径。产出和质量是关键。如果你可以规律性地产出作品，那么基本上可以告别那种不稳定的、不可预测的作家生活。

今天也是这样。

作为策略之一，很多人用短篇小说来维护读者群。随着人们大量使用电子阅读器和手机作为阅读设备，短篇小说的需求再度归来。亚马逊的 Kindle 主打书单可以证明这一点。

潜力股

休·豪伊是自出版界的超级明星，他凭借"羊毛"系列名声大振。但当他在 Kindle 平台上发布第一本一万两千词的故事时，他不知道接下来会发生什么。豪伊说："就是这样。没有更多可说的了。我把作品发到网上，没有任何推广。我以为这会是我最不赚钱的一本书，又短又便宜。"

然而很快，《羊毛战记》(*Wool*)卖出的钱比他之前所有作品加起来都要多。第一个月卖出了一千本，第二个月卖出了三千本，第三个月卖出了一万本。

豪伊知道自己胜券在握。他说："我注意到了接连不断的邮件和评论，然后开始写下一部分。"

接下来的事在独立电影界广为人知。《羊毛战记》被里德利·斯科特选为电影剧本，被西蒙与舒斯特出版公司签下了纸质书的独家出版权。豪伊保留了发布电子书的权利。

优秀的短篇小说系列总有机会流行起来，带来稳健的收入。但这并不是写短篇作品的唯一原因。

高产作家克莉斯汀·凯瑟琳·鲁施不仅通过短篇小说赚了许多钱，也通过短篇来帮助自己创作并改进长篇小说。她说："我在探索自己的小说世界。如果我要引入一个主要角色，我需要写一篇短篇小说来明确那到底是个怎样的角色。"

鲁施也用短篇作品来寻找新读者。她会将一个本来收费的在线作品设定成一周内免费。"每周我会发布一篇免费的短篇小说，在下个周一下架。只免费一周。这大大增加了我博客的阅读量，以及我作品的阅读量。"

形式

比长篇小说短的都可以归为短篇形式的小说。根据体裁、读者群和你询问的对象的不同（当今出版界的很多事情都是这样），长篇小说的最少单词量也各有不同，但一般来说，至少要五万个单词。比五万少的话，你有以下几种可选类型：

中篇小说（Novella）

中篇小说一般在两万到五万词之间，在纸质书年代，这种类型很流行，因为它可以占据大部分杂志版面，让读者觉得用金钱买到了一个不错的故事。

但当纸质书时代过去后，中篇小说也过气了。尽管偶尔有中篇故事获得成功，比如《廊桥遗梦》（*The Bridges of Madison County*），或者被收录到同作者的短篇故事集中，大部分传统出版商都觉得中篇小说无利可图。

现在，中篇小说重新登场，自出版人——电子书不需要考虑诸如印刷数量、页面签名等问题——让中篇小说重焕光彩。

当中篇小说具备一个主角和一个故事时，故事效果最好。詹姆斯·M.凯恩的经典犯罪中篇小说《邮差总按两遍铃》就是一个例子。这本书不到四万词，讲述了一个三角恋导致谋杀的故事。其开头句非常有名：大约晌午时分，他们把我从运干草的卡车上扔了下来。

故事由弗兰克·钱伯斯以第一人称叙述展开。但是中篇小说用第三人称也能收获同样的效果。

其他著名的中篇小说还有：

《珍珠》（*The Pearl*），约翰·斯坦贝克

《老人与海》（*The Old Man and the Sea*），欧内斯

特·海明威

《圣诞颂歌》，查尔斯·狄更斯

《丽塔·海华丝》(*Rita Hayworth*)和《肖申克的救赎》(*The Shawshank Redemption*)，斯蒂芬·金

《逃生路线》(*The Escape Route*)，罗德·塞林

《大河恋》(*A River Runs Through It*)，诺曼·麦克林恩

短篇小说（Novelette）

不太常见的是短篇小说，在七千到两万词之间，比短篇故事多一些呼吸空间，同时不必有中长篇小说那样的复杂性。

短篇小说和中篇小说一样，一个主角加一个故事的效果最好。短篇小说或许在科幻小说界最出名。比如，豪伊的原版《羊毛战记》就是短篇小说的长度。美国科幻与奇幻作家协会针对此设立了每年一度的雨果奖。或许你已经听说过一些非常出名的获奖作家：

菲利普·K. 迪克，《父辈的信念》("Faith of Our Fathers")

哈兰·埃里森，《蛇怪》("Basilisk")

奥森·斯科特·卡德，《安德的游戏》("Ender's Game",

后来拓展成了长篇小说）

短篇故事（Short Story）

作为一种经久不衰的、广受欢迎的形式，短篇故事引起的情感冲击和长篇小说一样有力。它们通常在一千到七千词之间，并且最好的故事通常围绕一个惊天动地的时刻展开。

惊天动地的时刻可以在故事的一开始就出现，进而引出后果，比如劳伦斯·布洛克的《给流浪女人的一根蜡烛》（"A Candle for the Bag Lady"）；也可以在故事结尾出现，通常是一个引人入胜的情节和一个令人惊讶的结局。杰夫里·迪弗就是短篇小说大师，参见他的故事集《杰夫里·迪弗的黑色礼物》（*Twisted*）和《杰夫里·迪弗的惊奇剧场》（*More Twisted*）。

当然，惊天动地的时刻也可以在故事中间，比如雷蒙德·卡佛的经典故事《请你安静些，好吗？》（"Will You Please Be Quiet, Please?"）。

微型小说（Flash Fiction）

微型小说通常在一千词以内，自成体系。你可以在网上发现很多这种小说。

策略

自出版的独立短篇作品（至少一开始）不应被当成自出版利润的主要来源。因为，要想在亚马逊、巴诺、科博和其他零售渠道上保持竞争力，你必须把价格放到最低——通常是九十九美分或免费获取。定价并不是一门科学，所以你需要摸索着来。一部中篇小说或许可以定为二点九九美元甚至更高。你需要几个月甚至一年的时间来进行定价和推广实验，收集数据，从而找出最有效的定价方式。

关于短篇作品的使用策略还有其他几种：

放入Kindle精选项目。Kindle精选是亚马逊为Kindle直接出版提供的项目。将独家分销权（为期九十天）交给亚马逊，你可以提交一本五天内免费阅读的作品。可以连续五天，也可以分开。剩下的期限内，你的作品会按常规价格销售。

我偏向于连续五天免费并在社交媒体上进行宣传。目的是吸引眼球，吸引那些以后可能会购买你长篇作品的新读者。如果你没有任何长篇作品，那么这些短篇可以用来提高阅读量。

将故事作为读者注册时的赠品。优秀的独立作家都知道，最好的两大营销工具是口耳相传、读者邮箱清单。为了建立这个清单，很多作家在博客或网站上设立了注册方式。当读者注册时，就会收到一个免费故事或一本免费图书。

我建议至少用中篇长度的故事作为赠品——确保是一个好故事。你想要的不仅仅是注册率，你还想要可能成为粉丝的读者。

将短篇写成系列故事。许多作家学习以前黄金时代的形式，将小说写成系列故事。他们分期发表作品，而且收费很低。有些作家称之为单元式小说，将其比作《迷失》(*Lost*)或《真探》(*True Detective*)这样的电视连续剧。

然后，像休·豪伊的《羊毛战记》那样，你可以将系列故事放入一卷书中。但也要注意豪伊的建议："我认为仅仅把一部长篇切分成更短的章节是不好的做法。每部作品必须自成体系。"

豪伊强调说，每部作品"都应该有自己的开头、中间和结尾。只有主角已经克服了路上的其他困难，冒险连续剧才能奏效。不要捆绑读者，而是要邀请他们回来"。

用来推广新小说。几年前，大型出版公司开始委托他们的顶尖作家写短篇作品。仅举几例，李查德、迈克尔·康奈利和珍妮特·伊万诺维奇就他们各自受欢迎的角色分别写了短篇作品。这样不仅可以帮助推广下一本小说，也能让读者在空闲期有书可读。

用来保持愉悦。有时写作只是为了娱乐。这让你的创作保持敏锐，让作家放飞灵魂。我的短篇故事《金黄》（"Golden"）就是这样。它并不是我惯常写的惊悚小说或黑色小说，却是我需要写的故事。它让我感到快乐，而读者也发现了这一点。

"如果你喜欢阅读短篇故事，那就去写。"鲁施说，"就是这么简单。写你热爱的作品。信不信由你，对生活来说，这就是最重要的事。"

用来提高成功概率。如果独立作家们总能获得持续的成功，那是因为他们相信，产出才是关键。这不足为奇，因为这和前一章说过的纸质书时代的思路一样。纸质书时代最伟大的作家之一埃德加·赖斯·巴勒斯说过："如果你写了一个故事，或许它会很差劲；但如果你写了一百个，你就有成功的机会。"

可发现性的终结和价值的崛起

数字革命的一个长期结果当然是实体书店的衰落。还记得曾经镇上至少有两到三个大书店吗？大城市里书店更多，有很多独立书店，还有很多连锁店。我还记得匹克威克书店，后来它被道尔顿书店收购，而道尔顿书店又被巴诺书店收购。

布伦塔诺书店被瓦尔登书店买下，后者又被凯马特买下，最后并入边界书店。

然后，突然间，边界书店也不见了。

现在，可怜的巴诺是坚持到最后的连锁品牌。但是它也在关闭各处书店。总裁被辞退。剩下的实体店的未来也是乌云密布。这当然也影响了传统出版商。

在 Kindle 打入市场的二〇〇七年，我们应该都买过宝洁的股票，因为它推出了胃药 Pepto-Bismol。那粉色瓶装万能药的销量顶破了曼哈顿各大出版董事会的房顶。

这些引领我们走向另一个具有纪念意义的结果：可发现性的终结。

什么意思？请看沙龙网（二〇一三年七月十九日）的一篇文章提供的数据：

> 咨询公司 Codex Group 的调查显示，大约百分之六十的图书销售额——纸质书和电子书——都来自线上。但是只有百分之十七的购买者率先从网上发现图书。包括亚马逊在内的网络图书销售商仅占据了百分之六的发现性。读者们加入亚马逊购物车的书，是从哪里得知的？很多情况下，是在书店里。
>
> 受亚马逊威胁的实体书店在引领图书销售和培养文化潮流方面，仍发挥着巨大作用。尽管单位产品销售额受到互联网的冲击，但在介绍图书方面，实体书店的数

据是网络书店的三倍。书架才是卖书的地方。顾客们喜欢在商店里浏览商品,然后在亚马逊上以折扣价买下,这就是"只逛不买"模式。这种现象让商店濒临死亡。如果你想在周围开一家书店,一定要深思熟虑。不要去在意"只逛不买"的道德问题——只会弄巧成拙。这是破坏自家生意。(如果你喜欢电子化阅读,许多独立商店与科博和左拉有合作,可以让你以折扣价买下电子书。)

随着网上销售持续增长,实体书架空间减少,"可发现性"成了让人们担忧的问题。它如此重要,以至于有时候反而会被忽略。书籍销售的关键是让读者知道这本书的存在。否则读者怎么会买呢?

所以你也看到了。实体书店是(曾是?)可发现性的主导。人们走进来,看到书店前面摆满了某个作家的作品,为此,出版商在背后付出了一大笔钱。读者会在店员那里看到图书推荐,看到全方位展示的某些封面。读者会以各种各样的方式看到各种各样的书。

但是,当书店的空间不复存在,可发现性会经历什么?

你可以试着开创一股新潮流。一家大型出版社新上任的总裁说,大型出版商能够"在这个书店越来越少的世界上破解可发现性密码,更加贴近终端消费者,能让读者对阅读更感兴趣,并且为读者提供更好的作品"。

然而，恕我直言，没有什么可以破解的密码。从未有过。曾经，只有一个系统，一个玩家，那就是出版商。他们控制了书店的分布。

但是大规模开书店的时代已经结束。取而代之的是什么？一个陈旧的体系，你的祖父母称之为：价值。这意味着，随着时间流逝，信任逐步累积，人们开始依赖产品的质量。

对作家来说，这是好事。因为销售本就应该与写作关联起来。写作是个技术活，一个能够学习、能够进步的技术活。

过去，作家需要大型出版商的支持才能让自己的作品在书店中占据显眼的位置。只有极少数作家得到过帝王般的待遇。但是现在，比赛场地数字化。那些为读者竞争的人拥有同样的市场机会。

因此，赢得这场比赛的关键不是：推广，摆上书架，与人合作，登上《纽约时报》，进行算法研究，书店展示，组织派对，或者依赖社交媒体。成功的关键就是，也无疑是：产出一本接一本的好作品。

诚然，你需要一个大本营（网站）和少量的社会媒体曝光。你必须想想如何呈现你的专业技能。当你写完作品后，你必须探索"传播信息"的含义。

但是与核心因素相比，这些都微不足道。最重要的永远是：你为读者呈现的作品质量。专注于此，可发现性的问题自会迎刃而解。

我们现在都是长尾营销人员

传统出版业或许正像《波希米亚人》(La Bohème)最后一幕里的角色，在马背上气喘吁吁。我希望不致如此，毕竟有些人喜欢印刷的纸质合订本书籍。但正如豪斯医生常说的那样，"悲剧总会发生"。

不论是哪种作家——自出版、传统出版或两者兼具——都是时候离开舒适区，用长远的眼光看问题了。这样我们就能看到长尾效应。

什么是"长尾营销"？很简单，这一理论认为，小型企业的收益和其售卖的产品数目直接相关。产品越多（当然也和质量有关），尾巴越长。相较于寻找下一个热销产品，企业可能会选择售卖多品种小批量的产品来累积销量。

传统出版商看重新书、畅销书、爆款书和首发推广。除了那些引起轰动的、在书店架子上占有一席之地的作品，其他存书大都被忽略了。

那些靠自出版赚钱的作家选择了另一种方式。数量是关键。那才是摇摆着的、长长的尾巴。

传统出版商已经意识到这一点，所以正在要求畅销作家更快地写出更多的作品，甚至用更短的作品来替代原先的畅销书。

换句话说，我们现在都是长尾营销人员。

然而，很多自出版作家忽略了这一点。我听到过、也读到过一些作家的怨言。他们开始进行自出版，却没有获得巨大的收益。他们觉得，这意味着失败。但这是传统观念。关键不在于一两本发行一个月后就能占据 Kindle 榜单的作品，当然，有这样的事也不错，但关键在于长尾。什么是长尾？就是随着时间流逝，产出更多作品。

像我喜欢说的那样，写作比赛中，成功的终极法则在于余生不断重复"产出、发表"的循环。为什么不呢？如果你是一名作家，这就是你一直要做的，直到写不动为止，不是吗？

是的，你需要质量控制。这也是一个法则。但是长尾的另一点是：一本烂书不至于毁掉作家的整个职业生涯。传统出版界的所有作家都知道，他们离被抛弃只有一两本烂书的距离。作家们获得了不错的预付款，写出来的书却让销售部门失望，以至于被出版商抛弃。因为销量不佳，这些作家再也找不到下一家愿意合作的出版社。这样的故事数不胜数。

长尾营销的自出版恰恰相反。一两本书质量不佳，不代表下一本书不好。你甚至可以下架那些不好的书，然后重写。

同样，你也可以在长尾营销中尝试新类型。在传统观念中，你被捆绑在了某一种写作类型上。但在新型观念里，你可以放开玩儿。你可以创作任何长度的作品。你可以从兴趣出发，开启一系列的故事，然后让读者决定这些故事是否要继续下去。还有一点，自出版没有大量的前期投入。即使作品卖得不好，也够支付星巴克账单的。没什么大碍。

长尾式写作带来的其他改变如下：你不需要获奖；你不需要获得评论家的支持；你不需要成为最顶尖的作家；你不需要签署电影协议。

你需要的就是乐观，保持职业道德，还有坚持。然后你就会培养出一批适合你的读者。或许最后还能以此谋生。但即使只是一些微薄的收入，每月能有稿费入账，也是一件美好的事。

想想长期效果和长尾营销。然后持续写作。

祖父教给我的营销经验

我祖父阿瑟·斯科特·贝尔生于一八九○年。他在密歇根州的安阿伯长大，是安阿伯高中的杰出运动员。

他获得了迪堡大学的运动员奖学金，后来又转学去密歇根大学玩橄榄球。一战时他加入了军队，在那时遇到了我祖母多萝西·福克斯。我拥有的藏品之一就是祖父从伊利诺伊州的谢里登堡寄给祖母的一盒情书。祖母把信都保留下来，用丝带绑着。我父亲小时候听到祖父叫祖母多特（Dot），所以他将多特和妈妈结合起来，叫我祖母多特妈妈。后来，我父亲开始叫祖父帕德雷（Padre）。

祖父的孙子孙女也就是这样知道了他。

帕德雷最喜欢的一句话是"全力以赴"。每当我要开学，或者加入少年棒球联盟的时候，他都会这么对我说。

在大萧条时期，祖父帕德雷成了《大英百科全书》（*Encyclopedia Britannica*）的实地推销员，以此来维持生计。他是一流的，最终成为整个公司排名前十的推销员。

从帕德雷和我父亲讲述的有关那些日子的经历中，我总结了五点适用于作家（以及任何人）的经验教训，可用来推销作品。

1. 对自己的产品有信心

帕德雷热爱《大英百科全书》。我有一套一九四七年的版本，是祖传下来的。（提示：如果你也有一套，不要扔。这些书里的词条通常比现在的更好、更权威。）

你对自己的产品有信心吗？你相信你正在写的是自己能力范围内最好的作品吗？或者，你是否发表了一部没那么好的作品，却仍在期待好销量？

2. 相信自我提升

帕德雷是活到老学到老的人。在我的书架上，有帕德雷的词典——《韦氏新大学词典》(第二版)(*Webster's New Collegiate 2nd Edition*)。在词典前面的一处空白页上，帕德雷写下了一个新词的注解，那个词是"心理控制术"。这条注解大概写于一九六〇年，那时麦克斯威尔·马尔茨的关于"心理控制术"的书刚刚出版。帕德雷已经七十岁了，但是仍饶有兴趣地扩大自己的词汇量。

帕德雷相信戴尔·卡内基提倡的自我提升。我拥有的另一件珍品就是精装版《如何赢得朋友并影响他人》(*How to Win Friends and Influence People*)。当我父亲从好莱坞高中毕业时，帕德雷和多特妈妈把这本书送给他当礼物。祖父祖母分别在上面题词。帕德雷写道：

拥有朋友的唯一途径就是给别人友谊。我相信在这方面你将是个专家。不要让人失望！

多特妈妈写道：

你能做的不仅仅是趁热打铁。你可以通过捶打，让铁热起来。

你要成为一个作家吗？你有没有利用每周的时间来学习技巧？帕德雷和多特妈妈那个年代的人相信每个人都能成功——只要他们不断学习，足够努力。

3. 关注潜在用户

每进入一个新城镇，帕德雷都有一个固定策略。他会去拜访所有的律师和医生。他们是大萧条时期最有可能拥有可支配收入的人。因此，他们最有可能购买产品。

非常简单。但是涉及营销时，有多少作家在努力撒一张大网，寄希望于随意捕捉一些小鱼？十万个低参与度粉丝和一万个高质量粉丝的差距是巨大的。不要试图让所有人都喜欢你，而要给那些最有可能购买你作品的人带来价值。在你发博客或推特时，心中要考虑到你的特有受众。他们对什么最感兴趣？写出他们最感兴趣的事。

4. 让人们感觉舒服

我祖父天生是个会讲故事的人。他嗓音低沉，有磁性。我现在还能听到。当他开始讲故事时，你仿佛感到被催眠了。

我记得他讲过一个密歇根橄榄球运动员莫尔巴克的故事。同伴们都称他为"莫利"。他是后卫，精力旺盛，几米之内任何人都不能阻止他。帕德雷讲述了一场艰难的比赛，莫利低下头，努力奔跑，越过边界线，撞上了一匹马——将马撞倒在地！

帕德雷讲故事的方式让你觉得舒服。他能把你带入那一时刻。他是我们家族里的传奇，因为他在每个情境下都有故事可讲。

你的营销方式让人感到舒服吗？如果某人看到了你的推特或脸书，他们会因你发表的东西感到愉悦吗？或者，你是否在依赖一堆无用的"购买我的书"这样的信息？

让你的社交媒体成为令人愉悦的地方。"拥有朋友的唯一途径就是给别人友谊。"

5. 笑看人生

帕德雷是一个自得其乐的人。他一生经历了很多，大萧条还不是最坏的情况。但他总是能渡过难关。

他拥有世界上最好的笑声。那来自胸腔深处，隆隆作响，回荡着欢乐的震动声。

记住，你需要有笑的能力。为了笑，你不能一直过分强调收益和期望。如果你吸取帕德雷的经验教训，你就会努力做人，努力写作。你能机智地进行营销，不让挫折阻止你。你不会为那些不可控的事情担心。

管理好你的期望，别让它们奴役你。集中精力做你能做的事，而不是那些力不能及的事。

让铁热起来。

继续写作。

全力以赴。

营销容易写作难

有一句著名的遗言被张冠李戴了，其实大概率是英国演员埃德蒙·基恩说的。临终之时，一位朋友问他死是不是很难，这位演员说："死很容易。演喜剧才难。"

让我们来改编这句话以适应作家的生活：写作很难。这一点你或许已经知道了。（我应该说"要写得好很难"，但是那样听起来不够简洁。）

但是还有另一方面：营销容易。

是的，我说的是容易。我可以听到反对者的叹息，不，应该是号叫。"如果这么容易，为什么我的书还卖不出去？"

答案几乎总是：因为写作很难。你必须有优秀的产品，做到这点并不容易。创造优秀的产品对任何行业来说都不容易。否则，每个人都可以获得商业上的成功。

余生你都要不断产出高质量的作品，才能在自出版领域获得成功。当我这么说的时候，请相信我。

因此，我为什么要说营销容易？因为营销和那无聊的流行词"可发现性"不是一回事。如果你能记住这一点，生活就会更快乐一些。写得好，进行简单的营销，那么可发现性的问题自会解决。事实上，只有这样，可发现性的问题才能解决。

你瞧，目前小说作家的营销渠道基本是固定的。在我看来，主要有以下五种：

1. 口碑

对小说家来说，这是，一直是，且永远是最有效的宣传方式。这是"被动营销"，因为这是其他人代表你在做宣传。

要想提高口碑，你只能靠作品本身。几年前有些作家试图买五星评价。但是这样的行为很快引火烧身，有些作家深受其害。

因此，不要过分强调这种营销方式。但是用邦尼·瑞特的话来说，你要让人们有话可说。

2. 你自己的邮箱列表

建立一份清单应该是你正在进行的事情之一。你应该建立一个网站，让读者注册来获取内容更新。你还应学会有效沟通，这样才不会让别人厌烦。不要把和读者的沟通变成"请买我的书"这样的请求。让你的通知成为让人愉悦的阅读内容。比如，我总会在邮件中加入一件有趣的事或一个小笑话。并且，我会尽量让邮件简短！

3. Kindle 直接出版平台的精选项目

在本章中我已经提到过，如果你是新手，那么 Kindle 直接出版平台（KDP）的精选项目是将作品呈现给新读者的最好方式。在九十天内，你只能和 Kindle 商店合作，有五天免费阅读的时间。可以是连续的五天，也可以分开。前面我已经说过，我的建议是连续五天。

如何运用 KDP 精选项目来处理多本书，这取决于你自己。但是我建议至少将一些短篇小说放入精选项目中。你也可以用免费阅读来吸引新读者。

4. 基于用户的广告

BookBub、BookGorilla 和 Kindle Nation Daily 都提供广告服务，你要为之付费。然而很多作家可能会犯错。你不能将这种广告视为赚钱或实现"收支平衡"的手段。事实上，你可能无法回本。

但这种广告仍然是值得的，因为当你吸引了新读者时，他们中的有些人会成为反复购买的消费者。因此，你的回报并不是同等金额，未来的收入取决于新读者数量。

5. 出现在一些社交媒体上

在社交媒体上留有足迹是必要的。但不要试图去做所有事。选择一些你喜欢且不会占用太多时间的事。记住，社交媒体要注重"社交"，而不（主要）是销售。有一种社交媒体我实在不推荐：个人博客。我加入了一个小组博客。每周发三次博客要花费太多时间，而且得到的回报太少。能做到的人很少，这个投资回报率也不值得这样做。你要做出明智的选择。

实际的写作

最难的部分就是写作。把你的精力集中在这里。写作是技术活，必须经过学习、练习、打磨、批评、修改及更多的练习。写作一方面要自由奔放，另一方面又要有纪律性、结构严谨。

是的，你可以只为娱乐而写作，这是可以的。如果你不想，那就不必追求销量。但是如果你认真地想要积攒读者，就要提高写作技巧。

贝多芬要致力于他的音乐。

毕加索必须致力于他的绘画。

彼得·罗斯必须为棒球努力。他不是最有天赋的人，却成了史上最伟大的击球手之一。他的问题在于，他认为赌博很简单。

因此，关于出版的教训是：致力于写作，不要赌博。

如何维持社交媒体形象

赛斯·高汀被很多人奉为社交媒体的首位大师。在数字图书世界大会上，他对传统出版商提出警告：

> 我们面临的挑战是，并不是所有作家都想经营社交媒体。不写书的时候，有些作家总是无话可说。卖书的唯一方法就是比别人活跃吗？我不这么认为……我们要搞清楚的不仅仅是作者是否妙语连珠，还要搞清楚他们是否有一批追随者，我们能不能帮他们获得追随者，他们能否让读者说出"我等不及要看你的下一本书了"（引用简·弗里德曼的话）。

关于社交媒体的流行观点认为，它能有效地建立社交团体，但对于卖东西，比如书籍，作用很小。如果——这很关键——通过持续呈现高质量内容，你已经获得了粉丝的信任，那么好的社交媒体形象当然对发行作品有帮助。

然而，滥用社交媒体形象也会让你白白浪费时间。

什么是滥用？我称之为"内德·赖尔森综合征"。你应该记得伟大的喜剧《土拨鼠之日》（Groundhog Day）中的内德。他是保险销售员，每天都会和比尔·默里饰演的角色搭讪，直到默里在他开口说话前给了他一拳。

内德做错了什么？我们来数一数！他在寻求关注。他展示出了糟糕的交流技巧。他讲些无聊的笑话。最过分的是，在未受到邀请时，他就把产品摆在比尔的眼前，并且不停地这样做。

我喜欢时不时就此事做一点儿个人调查。事情是这样的：我会遇到一个我并不认识，但看起来很有趣的独立作家。大多数时候，他的作品封面吸引了我。然后我会点进去看一下，这位作者是否有其他书，它们的评价和评级如何。然后我会查看他的社交媒体形象。

比如，我遇到过下面的情况。我注意到一本封面非常漂亮的惊悚小说，但没有听说过书的作者。他还有其他三本封面好看的惊悚小说，但是每一本书的亚马逊评分都不高。他获得了很多评论，但都是平均水平。

我相信，最大的原因来自作品本身。但一本书或一系列作品不能畅销，或许也有其他原因。

所以，我去查看作者的社交媒体形象，从推特账户开始。然后我就发现了内德·赖尔森。

他的所有推特都没有和别人互动的内容或意愿，每一条都是推销商品的话。这里充斥着不同的推销语：有交易，有书中的内容引用，有书的封面，有电梯游说。

在脸书上，我看到了更多此类内容。

这位作家不仅在浪费时间，还在自毁前程。不断的重复让每一个粉丝体会到比尔·默里的感受：天啊，内德·赖尔森又来了！我非得不断承受这些吗？

记住，当默里最后一次见到内德时，他直接出拳打在了内德脸上。

这是当下关于社交媒体形象的教训：不要让人们想要给你一拳。

1. 成为下次宴会人们仍想邀请的客人

这是什么样的客人？给社交聚会带来内容的人。做一个内容提供者。言之有物的人会得到人们的微笑、新想法或援手。

2. 有耐心

不要跑向人群，大喊大叫。要顺其自然。

3. 真实，但不要粗野

说实话，你母亲难道没有告诉过你，不要说出脑海中最先出现的想法吗？

> 宁愿保持沉默，被当成傻瓜，也不要开口说话，让

人确定你就是一个傻瓜。

——亚伯拉罕·林肯

4. 社交内容是销售信息的九倍

当你要发行一本书或宣布交易时,要利用自己的社交媒体形象。但确保这样的内容只占所发布信息的百分之十。这是我的非官方经验。

分析内容简介页

如今,线上卖书的一大关键因素就是写出引人注目的内容简介,而且要限制在三段左右。在人们注意力持续时间很短的年代,你不能浪费任何空间。

为了好玩,我会随意看一些畅销书作家的内容介绍(有时也叫"封面文案")。你也应该这样做。去亚马逊找出你这类作品中最好的书,进行学习。看专业的营销人员是怎么想的。找出哪些适合你,哪些不适合。然后写出你自己的封面文案。

下面是我对三本书的内容简介的看法:

《纯真》(*Innocence*),迪恩·孔茨

他独自居住在城市之下,是社会的流放者。一旦出

现在社会上，人们就会让他毁灭。

她离群索居，躲避敌人。一旦被发现，敌人就会伤害她。

但他们之间的羁绊比刻在生命中的悲剧更深。一些超越巧合的事——堪称命运——让他们走到一起。在他们身处的这个世界，清算的时刻就要来了。

在《纯真》中，《纽约时报》最畅销作家迪恩·孔茨将神秘、悬疑及对人类心灵的敏锐洞察结合起来，带给我们一个永远让读者产生共鸣的巧妙故事。

我给出的分数：B-

第一行很好。引起了我的注意力，让我想要读下一行（这就是封面文案的魅力所在）。

然而第二行有些温和。我会把"伤害她"改成"杀了她"。

第三段模糊不清。我不知道我为什么要关心两个人之间的"羁绊"。后面的句子冗长笨重且没有特点。这里说的"清算"是哪一种？他们俩为什么被牵扯进来？

当然，最后一行是对作者的吹捧。考虑到这是迪恩·孔茨，也是实至名归。尽管如此，像"永远让读者产生共鸣"这样的溢美之词也有些夸张了。我的建议是，仅仅考虑活着的事：不要用任何"永恒"之类的话。你可以提及名望，但是仅限于有据可查时，比如著名作家写的宣传标语或来源可信的评论。我不在乎你自出版的惊悚小说有多好，它不可能"永远地改变了读者，改变了全人类的历史进程"。

《纽约警察局红色警队 2》（*NYPD RED 2*），詹姆斯·帕特森和马歇尔·卡普

纽约警察局红色警队——在美国最极端的城市追捕最极端的犯罪的特遣部队——在追捕一个正在执行一项不可能完成的任务的杀手。

他是一名警员，也是一个连环杀手。他正在纽约城里游荡，追踪那些犯下罪行但未受惩罚的人，然后将其杀害。受害人数量增多，许多纽约人私底下很赞赏这种伸张正义的做法。

当一个家财万贯、很有背景的女人消失后，纽约警察局红色警队的警探扎克·乔丹和搭档凯莉·麦克唐纳接过了这个案子。扎克和凯莉必须找到杀人犯暴怒的真相，同时，最高层的政治机密和私人秘密也危在旦夕。但是凯莉最近的行为很奇怪——扎克知道，不论她在隐藏什么，都将威胁到他们职业生涯中最大的这一桩案子。

《纽约警察局红色警队 2》是詹姆斯·帕特森最新系列作品中的又一本引人入胜的小说。这本书证明了"没

有什么可以阻挡他的想象力"[《纽约时报书评周刊》(New York Times Book Review)]。

我给出的分数：A-

这份简介采用了"标题"风格，这通常是好事，只要标题简短又切题就行。在此，我会拿掉插入句部分，只留下：纽约警察局红色警队在追捕一个正在执行一项不可能完成的任务的杀手。

接下来的两段非常好。具体又切题，准确地告诉我故事的风格。既有外部情节（连环杀手），又有内心旅程（凯莉最近的行为很奇怪）。五脏俱全。

当然，对帕特森的称赞是应该的。要注意，这里的称赞有可靠的来源的支持。

《最后的赢家》(Standup Guy)，斯图亚特·伍兹

《纽约时报》畅销系列小说回归，斯通·巴林顿再度踏上这场最新的令人激动的冒险之旅。

斯通·巴林顿的新客户不像是会为非作歹的人。他是一个有礼貌的、举止得体的绅士。他找到斯通，就一件不寻常且有利可图的事进行法律咨询。斯通给他指出了正确的方向并送走了他，但是很快，斯通发现事情并没有结束。有些人对这位绅士的举动很感兴趣，他们把他和很久以前的犯罪活动联系到一起……有些人会不惜一切代价找到他们想要的东西。

从佛罗里达的热带海滩到东北部的豪华度假屋,斯通发现自己夹在雄心勃勃的当局和鄙陋的社会底层人员之间,如履薄冰,而且他们有着相同的目标。在这场你死我活的意志较量中,赢家通吃……斯通需要使出浑身解数才能站到最后。

我给出的分数: B-

标题聚焦于系列小说的角色,这是可以的。系列小说的读者会想继续了解。当然,"令人激动的冒险"是一句陈词滥调。我不知道读者对这样的用词是否会有一点儿反感,即使是在潜意识中。或许这并不重要。我不确定。你怎么看?

第一段有问题。什么叫"举止得体"的绅士? deported(举止)这个词很古老,我不确定语法上是否正确。简介的关键点在于,不要让读者太辛苦。要让中学生都能轻易地阅读,不被任何问题绊倒。

并且,故事足够惊险吗?有些人对这位绅士的举动"很感兴趣",但我为什么要关心这一点?同时,作为封面简介来说,段落太长。我会把这些内容分成两段。

第二段更具体,让我们离主角更近一步。我觉得还行。

下面是一个短篇故事的简介：

> 有时，喜剧也可以像死亡那样……
>
> 对皮特·"哈尔"·哈维来说，坚持做喜剧是严肃的事业。至少，他希望是这样。但在洛杉矶的苍穹下，皮特并没有大获全胜。
>
> 一天晚上，在当地俱乐部的舞台上又一次失败后，皮特思索着，是否应该转行去开洗车店。然后，在吧台边，一个男子挨着他坐下，说出了一个让人不可置信的提议。这个提议对皮特·"哈尔"·哈维来说意味着一大笔钱。但很快皮特就会知道，这个完美到不真实的交易可不是闹着玩儿的。

我觉得詹姆斯·斯科特·贝尔写的这个简介还不错。简短又切题，给出设定后就悄然离场。但出于公平的考虑，他不会给自己打分！

把你自己的书籍简介和其他职业作家写的比比。你可以在任何网上书店找到它们。

最后的话

那么，最后，到底什么是写作生涯？

它是浪漫的，也是现实的。

它是令人满足的，尽管有时也会让人心碎。

你可以像流水线上的工人那样去写作——想想《摩登时代》(Modern Times)里的查理·卓别林，站在传送带前，重复做同样的动作。

或者，你也可以像《美人计》(Notorious)里加里·格兰特引诱英格丽·褒曼那样，或者像《郎心似铁》中伊丽莎白·泰勒对蒙哥马利·克利夫特眉目传情那样。

写作可以是一份工作。这没什么不对。约翰·契弗会在他纽约的公寓里穿上西装，系上领带，乘电梯去往地下室写作。

约翰·D.麦克唐纳会一直写到下午五点，然后停笔，开始喝马丁尼酒。

你可以把写作变成自我表达的生活方式，你要把观点写出来，因为你急切地想让别人阅读。

你也可以只为自己写作，最后把你的作品集当成遗产。

你可以为钱写作。你可以为爱写作。

你可以为两者写作。

不论你的选择是什么，为我做一件事好吗？

尊重技巧。

这意味着注重写作质量，努力提高，花时间学习、思考那些能让写作变好的技巧，然后在自己的写作中运用它们。

把激情和技巧相结合,这样才是无懈可击的。

充满热情地去写,冷静地修改。

伟大作家雷·布拉德伯里在《写作中的禅机》(*Zen in the Art of Writing*)中说道:

> 热情。热忱。很少听到有人使用这样的词语了。我们也很少看到人们满怀热情地生活或创作。然而,如果要我说出作家创作中最重要的事,说出让素材成形并激励作家一路走下去的事,我只能说,要怀有热情,保有热忱。

热情,热忱,欢乐。这是伟大的写作生活必需的条件。但是要获得热情、热忱和欢乐,你必须运用词语,运用情节、人物、场景和对话的技巧。

每天都要爱上写作。但也要用地图规划路线。

写作时,假装失败并不存在。修改时,就当你只能以此为生。

像风洞那样写作。像吸尘器那样修改。

像没有明天那样写作。明天再修改。

像陷入爱河那样写作。像主管工作那样修改。

我喜欢布伦达·尤兰在《假如你想写作》(*If You Want*

to Write）中说的话：

要在精神上对那些假装博学的人、嘲笑你的人、评论家、怀疑者之流嗤之以鼻（每天至少三到四次）。带着真挚的热爱、想象力和智慧，从现在开始努力，直到生命的尽头。如果你要写作，你必须意识到自己内心的富足，相信它，知道它就在那里。

富足就在这里。就在你心中。
释放它。
放手写吧。

图书在版编目（CIP）数据

放手写吧：如何写出小说并成功出版／（美）詹姆斯·斯科特·贝尔著；褚旭译. -- 北京：九州出版社，2024.7

ISBN 978-7-5225-2800-7

Ⅰ.①放… Ⅱ.①詹… ②褚… Ⅲ.①小说创作－创作方法 Ⅳ.① I054

中国国家版本馆 CIP 数据核字（2024）第 072391 号

Just Write: Creating Unforgettable Fiction and a Rewarding Writing Life
Copyright © James Scott Bell 2016
All rights reserved including the right of reproduction in whole or in part in any form.
This edition published by arrangement with Writer's Digest Books, an imprint of Penguin Publishing Group, a division of Penguin Random House LLC.

著作权合同登记号：图字 01-2024-2143

放手写吧：如何写出小说并成功出版

作　　者	［美］詹姆斯·斯科特·贝尔 著　褚 旭 译
责任编辑	杨宝柱　周 春
出版发行	九州出版社
地　　址	北京市西城区阜外大街甲 35 号（100037）
发行电话	（010）68992190/3/5/6
网　　址	www.jiuzhoupress.com
印　　刷	嘉业印刷（天津）有限公司
开　　本	880 毫米 × 1092 毫米　32 开
印　　张	10.75
字　　数	198 千字
版　　次	2024 年 7 月第 1 版
印　　次	2024 年 10 月第 1 次印刷
书　　号	ISBN 978-7-5225-2800-7
定　　价	58.00 元

★ 版权所有　侵权必究 ★